音乐影响了我的写作

余华 著

作家出版社

图书在版编目（CIP）数据

音乐影响了我的写作 / 余华 著 . – 北京 ：作家出版社，
2012. 9（2018.6　重印）
（余华作品）
ISBN 978-7-5063-6527-7

Ⅰ . ①音… Ⅱ . ①余… Ⅲ . ①随笔 – 作品集 – 中国 –
当代 Ⅳ . ①I267.1

中国版本图书馆CIP数据核字（2012）第168892号

音乐影响了我的写作

作　　者：余　华
责任编辑：钱　英
装帧设计：高高国际
出版发行：作家出版社
社　　址：北京农展馆南里10号　　　邮　　编：100125
电话传真：86-10-65930756（出版发行部）
　　　　　86-10-65004079（总编室）
　　　　　86-10-65015116（邮购部）
E-mail:zuojia@zuojia.net.cn
http://www.haozuojia.com（作家在线）
印　　刷：三河市紫恒印装有限公司
成品尺寸：142×210
字　　数：100千
印　　张：4.875
印　　数：14001-34000
版　　次：2012年9月第1版
印　　次：2018年6月第3次印刷
ISBN 978-7-5063-6527-7
定　　价：33.00元

目　录

音乐影响了我的写作

二十多年前，有那么一两个星期的时间，我突然迷上了作曲。那时候我还是一名初中的学生，正在经历着一生中最快乐的时光，我记得自己当时怎么也分不清上课和下课的铃声，经常是在下课铃响时去教室上课了，与蜂拥而出的同学们迎面相撞，我才知道又弄错了。那时候我喜欢将课本卷起来，插满身上所有的口袋，时间一久，我所有的课本都失去了课本的形象，像茶叶罐似的，一旦掉到地上就会滚动起来。我的另一个杰作是，我把我所有的鞋都当成了拖鞋，我从不将鞋的后帮拉出来，而是踩着它走路，让它发出那种只有拖鞋才会有的漫不经心的声响。接下去，我欣喜地发现我的恶习在男同学中间蔚然成风，他们的课本也变圆了，他们的鞋后帮也被踩了下去。

这大概是1974年，或者1975年的事，"文革"进入了后期，生活在越来越深的压抑和平庸里，一成不变地继续着。我在上数学课的时候去打篮球，上化学或者物理课时在操场上游荡，无拘无束。然而课堂让我感到厌倦之后，我又开始厌倦自己的自由了，我感到了无聊，我愁眉苦脸，不知道如何打发日子。这时候我发现了音乐，准确的说法是我发现了简谱，于是在像数学课一样无聊的音乐课里，我获得了生活的乐趣，激情回来了，我开始作曲了。

应该说，我并不是被音乐迷住了，我在音乐课上学唱的都是我已经听了十来年的歌，从《东方红》到革命现代京剧，我熟悉了那些旋律里的每一个角落，我甚至都能够看见里面的灰尘和阳光照耀着的情景，它们不会吸引我，只会让我感到头疼。可是有一天，我突然被简谱控制住了，仿佛里面伸出来了一只手，紧紧抓住了我的目光。

当然，这是在上音乐课的时候，音乐老师在黑板前弹奏着风琴，这是一位儒雅的男子，有着圆润的嗓音，不过他的嗓音从来不敢涉足高音区，每到那时候他就会将风琴的高音弹奏得非常响亮，以此蒙混过关。其实没有几个学生会去注意他，音乐课也和其他的课一样，整个教室就像是庙会似的，有学生在进进出出，另外一些学生不是坐在桌子上，就是背对着黑板与后排的同学聊天。就是在这样的情景里面，我被简谱迷住了，而不是被音乐迷住。

我不知道是出于什么原因，可能是我对它们一无所知。不像我翻开那些语文、数学的课本，我有能力去读懂里面正在说些什么。可是那些简谱，我根本不知道它们在干什么，我只知道我所熟悉的那些歌一旦印刷下来就是这副模样，稀奇古怪地躺在纸上，暗暗讲述着声音的故事。无知构成了神秘，然后成为了召唤，我确实被深深地吸引了，而且勾引出了我创作的欲望。

我丝毫没有去学习这些简谱的想法，直接就是利用它们的形状开始了我的音乐写作，这肯定是我一生里唯一的一次音乐写作。我记得我曾经将鲁迅的《狂人日记》谱写成音乐，我的做法是先将鲁迅的作品抄写在一本新的作业簿上，然后将简谱里的各种音符胡乱写在上面，我差不多写下了这个世界上最长的一首歌，而且是一首无人能够演奏，也无人有幸聆听的歌。这项工程消耗了我几天的热情，接下去我又将语文课本里其他的一些内容也打发进了音乐的简谱，我在那个时期的巅峰之作是将数学方程式和化学反应式也都谱写成了歌曲。然后，那本作业簿写满了，我也写累了。这时候我对音乐的简谱仍然是一无所知，虽然我已经暗暗拥有了整整一本作业簿的音乐作品，而且为此自豪，可是我朝着音乐的方向没有跨出半步，我不知道自己胡乱写上去的乐谱会出现什么样的声音，只是觉得看上去很像是一首歌，我就完全心意满足了。不久之后，那位嗓音圆润的音乐老师因为和一个女学生有了性的交往，离开学校去了监狱，于是音乐课没有了。

此后，差不多有十八年的时间，我不再关心音乐，只是偶尔在街头站立一会，听上一段正在流行的歌曲，或者是经过某个舞厅时，顺便听听里面的舞曲。1983 年，我开始了第二次的创作，当然这一次没有使用简谱，而是语言，我像一个作家那样地写作了，然后像一个作家那样地发表和出版自己的写作，并且以此为生。

又是很多年过去了，李章要我为《音乐爱好者》写一篇文章，他要求我今天，也就是11月30日将文章传真给他，可是我今天才坐到写字桌前，现在我已经坐了有四个多小时了，前面的两个小时里打了两个电话，看了几眼电视，又到外面的篮球场上去跑了十圈，然后心想时间正在流逝，一寸光阴一寸金，必须写了。

我的写作还在继续，接下去我要写的开始和这篇文章的题目有点关系了。我经常感到生活在不断暗示我，它向我使眼色，让我走向某一个方向，我在生活中是一个没有主见的人，所以每次我都跟着它走了。在我十五岁的时候，音乐以简谱的方式迷惑了我，到我三十三岁那一年，音乐真的来到了。

我心想：是生活给了我音乐。生活首先要求我给自己买了一套音响，那是在1993年的冬天，有一天我发现自己缺少一套音响，随后我感到应该有。几天以后，我就将自己组合的音响搬回家。那是由美国的音箱和英国的功放以及飞利浦的CD机组织起来的，卡座是日本的，这套像联合国维和部队的音响就这样进驻了我的生活。

接着，CD唱片源源不断地来到了，在短短半年的时间里，我买进了差不多有四百张的CD。我的朋友朱伟是我购买CD的指导老师，那时候他刚离开《人民文学》，去三联书店主编的《爱乐》杂志，他几乎熟悉北京所有的唱片商店，而且精通唱片的品质。我最早买下的二十来张CD就是他的作为，那是在北新桥的一家唱片店，他沿着柜台走过去，察看着版本不同的CD，我跟在他的身后，他不断地从柜子上抽出CD递给我，走了一圈后，他回头看看我手里捧着的一堆CD，问我："今天差不多了吧？"我说：

"差不多了。"然后，我就去付了钱。

我没有想到自己会如此迅猛地热爱上了音乐，本来我只是想附庸风雅，让音响出现在我的生活中，然后在朋友们谈论马勒的时候，我也可以凑上去议论一下肖邦，或者用那些模棱两可的词语说上几句卡拉扬。然而音乐一下子就让我感受到了爱的力量，像炽热的阳光和凉爽的月光，或者像暴风雨似的来到了我的内心，我再一次发现人的内心其实总是敞开着的，如同敞开的土地，愿意接受阳光和月光的照耀，愿意接受风雪的降临，接受一切所能抵达的事物，让它们都渗透进来，而且消化它们。

我那维和部队式的音响最先接待的客人，是由古尔德演奏的巴赫的《英国组曲》，然后是鲁宾斯坦演奏的肖邦的《夜曲》，接下来是交响乐了，我听了贝多芬、莫扎特、勃拉姆斯、柴可夫斯基、海顿和马勒之后，我突然发现了一个我以前不知道的人——布鲁克纳，这是卡拉扬指挥柏林爱乐乐团演奏的《第七交响曲》，我后来想起来是那天朱伟在北新桥的唱片店拿给我的，当时我手里拿了一堆的 CD，我根本不知道有这么一张，结果布鲁克纳突然出现了，史诗般叙述中巨大的弦乐深深感动了我，尤其是第二乐章，使用了瓦格纳大号乐句的那个乐章，我听到了庄严缓慢的内心的力量，听到了一个时代倒下去的声音。布鲁克纳在写作这一乐章的时候，瓦格纳去世了。我可以想象当时的布鲁克纳正在经历着什么，就像那个时代的音乐正在经历的一样，为失去了瓦格纳而百感交集。

然后我发现了巴托克，发现了还有旋律如此丰富、节奏如此迷人的弦乐四重奏，匈牙利美妙的民歌在他的弦乐四重奏里跳跃地出现，又跳跃地消失，时常以半个乐句的方式完成其使命，民歌在最现代的旋律里欲言又止，激动人心。巴托克之后，我认识了梅西安，那是在西单的一家小小的唱片店里，是一个年纪比我大，我们都叫他小魏的人拿给了我，他给了我《图伦加利拉交响曲》，他是从里面拿出来的，告诉我这个叫梅西安的法国人有多棒，我怀疑地看着他，没有买下。过了一些日子我再去小魏的唱片店时，他再次从里面拿出了梅西安。就这样，我聆听并且拥有了《图伦加利拉交响曲》，这部将破坏和创造，死亡和生命，还有爱情熔于一炉的作品让我浑身发抖，直到现在我只要想起来这部作品，仍然会有激动的感觉。不久之后，波兰人希曼诺夫斯基给我带来了《圣母悼歌》，我的激动再次被拉长了。有时候，我仿佛会看到1905年的柏林，希曼诺夫斯基与另外三个波兰人组建了"波兰青年音乐协会"，这可能是世界上最小的协会，在贫穷和伤心的异国他乡，音乐成为了壁炉里的火焰，温暖着他们。

音乐的历史深不可测，如同无边无际的深渊，只有去聆听，才能知道它的丰厚，才会意识到它的边界是不存在的。在那些已经家喻户晓的作者和作品的后面，存在着星空一样浩瀚的旋律和节奏，等待着我们去和它们相遇，让我们意识到在那些最响亮的名字的后面，还有一些害羞的和伤感的名字，这些名字所代表的音乐同样经久不衰。

然后，音乐开始影响我的写作了，确切的说法是我注意到了音乐的叙述，我开始思考巴托克的方法和梅西安的方法，在他们的作品里，我可以更为直接地去理解艺术的民间性和现代性，接着一路向前，抵达时间的深处，路过贝多芬和莫扎特，路过亨德尔和蒙特威尔第，来到了巴赫的门口。从巴赫开始，我的理解又走了回来。然后就会意识到巴托克和梅西安独特品质的历史来源，事实上从巴赫就已经开始了，这位巴洛克时代的管风琴大师其实就是一位游吟诗人，他来往于宫廷、教堂和乡间，于是他的内心逐渐地和生活一样宽广，他的写作指向了音乐深处，其实也就指向了过去、现在和未来。如何区分一位艺术家身上兼而有之的民间性和现代性，在巴赫的时候就已经不可能，两百年之后在巴托克和梅西安那里，区分的不可能得到了继承，并且传递下去。尽管后来的知识分子虚构了这样的区分，他们像心脏外科医生一样的实在，需要区分左心室和右心室，区分肺动脉和主动脉，区分肌肉纵横间的分布，从而使他们在手术台上不会迷失方向。可是音乐是内心创造的，不是心脏创造的，内心的宽广是无法解释的，它由来已久的使命就是创造，不断地创造，让一个事物拥有无数的品质，只要一种品质流失，所有的品质都会消亡，因为所有的品质其实只有一种。

这是巴赫给予我的教诲。我要感谢门德尔松，1829年他在柏林那次伟大的指挥，使《马太受难曲》终于得到了它应得的荣耀。多少年过去了，巴赫仍然生机勃勃，他成为了巴洛克时代的骄傲，也成为了所有时代的骄傲。我无幸聆听门德尔松的诠释，我相信那是最好的。我第一次听到的《马太受难曲》，是加德纳的诠释，加德纳与蒙特威尔第合唱团演绎的巴赫也足以将我震撼。我明白了叙述的丰富在走向极致以后其实无比单纯，就像这首伟大的受难曲，将近三个小时的长度，却只有一两首歌曲的旋律，宁静、辉煌、痛苦和欢乐重复着这几行单纯的旋律，仿佛只用了一个短篇小说的结构和篇幅表达了文学中最绵延不绝的主题。1843年，柏辽兹在柏林听到了它，后来他这样写道：

"每个人都在用眼睛跟踪歌本上的词句，大厅里鸦雀无声，没有一点声音，既没有表示赞赏，也没有指责的声音，更没有鼓掌喝彩，人们仿佛是在教堂里倾听福音歌，不是在默默地听音乐，而是在参加一次礼拜仪式。人们崇拜巴赫，信仰他，毫不怀疑他的神圣性。"

我的不幸是我无法用眼睛去跟踪歌本上的词句，我不明白蒙特威尔第合唱团正在唱些什么，我只能去倾听旋律和节奏的延伸，这样反而让我更为仔细地去关注音乐的叙述，然后我相信自己听到了我们这个世界上最为美妙的叙述。在此之前，我曾经在《圣经》里读到过这样的叙述，此后是巴赫的《平均律》和这一首《马太受难曲》。我明白了柏辽兹为什么会这样说："巴赫就像巴赫，正像上帝就像上帝一样。"

此后不久，我又在肖斯塔科维奇的《第七交响曲》第一乐章里听到了叙述中"轻"的力量，那个著名的侵略插部，侵略者的脚步在小鼓中以175次的重复压迫着我的内心，音乐在恐怖和反抗、绝望和战争、压抑和释放中越来越深重，也越来越巨大和慑人感官。我第一次聆听的时候，不断地问自己：怎么结束？怎么来结束这个力量无穷的音乐插部？最后的时候我被震撼了，肖斯塔科维奇让一个尖锐的抒情小调结束了这个巨大可怕的插部。那一小段抒情的弦乐轻轻地飘向了空旷之中，这是我听到过的最有力量的叙述。后来，我注意到在柴可夫斯基，在布鲁克纳，在勃拉姆斯的交响乐中，也在其他更多的交响乐中"轻"的力量，也就是小段的抒情有能力覆盖任何巨大的旋律和激昂的节奏。其实文学的叙述也同样如此，在跌宕恢宏的篇章后面，短暂和安详的叙述将会出现更加有力的震撼。

有时候，我会突然怀念起自己十五岁时的作品，那些写满了一本作业簿的混乱的简谱，我不知道什么时候丢掉了它，它的消失会让我偶尔唤起一些伤感。我在过去的生活中失去了很多，是因为我不知道失去的重要，我心想在今后的生活里仍会如此。如果那本作业簿还存在的话，我希望有一天能够获得演奏，那将是什么样的声音？胡乱的节拍，随心所欲的音符，最高音和最低音就在一起，而且不会有过渡，就像山峰没有坡度就直接进入峡谷一样。我可能将这个世界上最没有理由在一起的音节安排到了一起，如果演奏出来，我相信那将是最令人不安的声音。

一九九八年十二月二日

音乐的叙述

这是罗斯特罗波维奇的大提琴和塞尔金的钢琴。旋律里流淌着夕阳的光芒，不是炽热，而是温暖。在叙述的明暗之间，作者的思考正在细水长流，悠远而沉重。即便是变奏也显得小心翼翼，犹如一个不敢走远的孩子，时刻回首眺望着自己的屋门。音乐呈现了难以言传的安详，与作者的其他室内乐作品一样，内省的精神在抒情里时隐时现，仿佛是流动之水的跳跃，沉而不亮。在这里，作者是那样的严肃、一丝不苟，他似乎正在指责自己，他在挥之不去的遗憾、内疚和感伤里，让思想独自前行，苦行僧般地行走在荒漠之中，或者伫立在一片无边无际的水之间，自嘲地凝视着自己的倒影。重要的是，无论是指责还是自嘲，作者都表达了对自己深深的爱意。这不是自暴自弃的作品，而是一个无限热爱自己的人，对自己不满和失望之后所发出的叹息。这样的叹息似乎比欣赏和赞美更加充满了爱的声音，低沉有力，缓慢地构成了他作品里最动人的品质。

1862年，勃拉姆斯开始为大提琴和钢琴写作第一首奏鸣曲，1865年完成了这首 E 小调的杰作；二十一年以后，1886年，他写下了 F 大调的第二首大提琴和钢琴奏鸣曲。这一年，李斯特去世了，而瓦格纳去世已近三年。岁月缩短了，勃拉姆斯步入了五十三岁，剩下的光阴屈指可数。当音乐上的两位宿敌李斯特和瓦格纳相继离世之后，勃拉姆斯终于摆脱了别人为他们制造出来的纷争，他获得了愉快的生活，同时也获得了孤独的荣誉。他成为了人人尊敬的大师，一个又一个的勃拉姆斯音乐节在欧洲的城市里开幕，在那些金碧辉煌的音乐大厦里，他的画像和莫扎特、贝多芬、舒伯特的画像挂在了一起。虽然瓦格纳的信徒们立刻推举出了新的领袖布鲁克纳，虽然新德国乐派已经孕育出了理查·施特劳斯和古斯塔夫·马勒；可是对勃拉姆斯来说，布鲁克纳不过是一个"拘谨的教士"，他的庞大的交响曲不过是"蟒蛇一条"，而施特劳斯和马勒仅仅是年轻有为刚刚出道而已，新德国乐派已经无法为他构成真正的威胁。这期间他经常旅行，出席自己作品的音乐会和访问朋友，这位老单身汉喜欢将糖果塞满自己的口袋，所以他每到一处都会有一群孩子追逐着他。他几次南下来到意大利，当火车经过罗西尼的故乡时，他站起来在火车上高声唱起《塞尔维亚理发师》中的咏叹调，以示对罗西尼的尊敬。他和朋友们一路来到了那不勒斯近旁的美丽小城苏莲托，坐在他毕生的支持者汉斯立克的橘子园里，喝着香槟酒，看着海豚在悬崖下的那不勒斯湾中戏水。这期间他很可能回忆起了年轻的时光和克拉拉的美丽，回忆起马克森的教诲和舒曼的热情，回忆起和约阿希姆到处游荡的演奏生涯，回忆起巴洛克时期的巴赫和亨德尔，回忆起贝多芬的浪漫之旅，回忆起父母生前的关怀，回忆起一生都在头疼的姐姐和倒霉的弟弟。他的弟弟和他同时学习音乐，也和他一样都是一生从事音乐，可是他平庸的弟弟只能在他辉煌的阴影里黯然失色，所有的人都称他弟弟为"错误的勃拉姆斯"。他的回忆绵延不绝，就像是盘旋在他头顶的鹰一样，向他张开着有力的爪子，让他在剩下的岁月里，学会如何铭记自己的一生。

应该说，是约阿希姆最早发现了他音乐中"梦想不到的原创性和力量"，于是这位伟大的小提琴家就将勃拉姆斯推到了李斯特的身边。当时的李斯特四十一岁，已经从他充满传奇色彩的钢琴演奏会舞台退休，他住在魏玛的艺术别墅里领导着一支前卫的德国音乐流派，与门德尔松的信徒们所遵循的古典理想截然不同，李斯特以及后来的瓦格纳，正在以松散的结构形式表达内心的情感。同时李斯特为所有认同他理想的音乐家敞开大门，阿尔腾堡别墅差不多聚集了当时欧洲最优秀的年轻人。勃拉姆斯怀着胆怯之心也来到这里，因为有约阿希姆的美言，李斯特为之着迷，请这位年轻的作曲家坐到琴前，当着济济一堂的才子佳人，演奏他自己的作品，可是过于紧张的勃拉姆斯一个音符也弹不出来，李斯特不动声色地从他手中抽走手稿，精确和沉稳地演奏了他的作品。

在阿尔腾堡别墅的日子，勃拉姆斯并不愉快，这位来自汉堡贫民窟的孩子显然不能习惯那里狂欢辩论的生活，而且所有的对话都用法语进行，这是当时欧洲宫廷的用语。虽然勃拉姆斯并不知道自己音乐的风格是什么，但是他已经意识到在这个集团里很难找到共鸣。虽然他喜欢李斯特这个人，并且仰慕他的钢琴造诣，但是对他描绘情感时夸张的音乐开始感到厌倦。当李斯特有一次演奏自己作品时，勃拉姆斯坐在椅子里睡着了。

仍然是约阿希姆帮助了他，使他年方二十，走向了舒曼。当他看到舒曼和克拉拉还有他们六个孩子住在一栋朴素的房子里，没有任何其他人，没有知识分子组成的小团体等着要吓唬他时，他终于知道了自己一直在寻找的是什么。他寻找的就是像森林和河流那样自然和真诚的音乐，就是音乐中像森林和河流一样完美的逻辑和结构。同时他也知道了自己为什么会拒绝加入李斯特和瓦格纳的新德国乐派，他接近的是音乐中的古典理想，他从门德尔松、肖邦和舒曼延伸过来的道路上，看到属于自己的道路，而他的道路又通向了贝多芬和巴赫。舒曼和克拉拉热情地款待了他，为了回报他们的诚挚之情，勃拉姆斯弹奏了自己的作品，这一次他没有丝毫的紧张之感。随后舒曼写道："他开始发掘出真正神奇的领域。"克拉拉也在日记里表白："他弹奏的音乐如此完美，好像是上帝差遣他进入那完美的世界一般。"

勃拉姆斯在舒曼这里领取了足以维持一生的自信；又在克拉拉这里发现了长达一生的爱情，后来他将这爱情悄悄地转换成了依恋。有支取就有付出，在勃拉姆斯以后的写作里，舒曼生前和死后的目光始终贯穿其间，它通过克拉拉永不变质的理解和支持，来温和地注视着他，看着他在众多的作品里如何分配自己的天赋。

还有贝多芬和巴赫，也在注视着他一生的创作。尤其是贝多芬，勃拉姆斯似乎是自愿地在贝多芬的阴影里出发，虽然他在《第一交响曲》里完成了自我对贝多芬的跳跃，然而贝多芬集中和凝聚起来的音乐架构仍然牢牢控制住了他，庆幸的是他没有贝多芬那种对战争和胜利的狂热，他是一个冷静和严肃的人，是一个内向的人，这样的品性使他的音乐里流淌着正常的情绪，而且时常模棱两可。与贝多芬完全不同的是，勃拉姆斯叙述的力量时常是通过他的抒情性渗透出来，这也是舒曼所喜爱的方式。

《第一交响曲》让维也纳欣喜若狂，这是勃拉姆斯最为热爱的城市。维也纳人将他的《第一交响曲》称作贝多芬的《第十交响曲》，连汉斯立克都说："没有任何其他作曲家，曾如此接近贝多芬伟大的作品。"随后不久，勃拉姆斯又写下了充满溪流、蓝天、阳光和凉爽绿荫的《第二交响曲》，维也纳再一次为他欢呼，欢呼这一首勃拉姆斯的《田园》。维也纳人想贝多芬想疯了，于是勃拉姆斯在他们眼中就是转世的贝多芬，对他们之间的比较超过了音乐上的类比：两人都是单身汉，都身材矮小，都不修边幅，都爱喝酒，而且都以坏脾气对待围攻他们的人。这使勃拉姆斯怒气冲冲，有一次提到贝多芬时他说："你不知道这个家伙怎么阻止了我的前进。"为此，勃拉姆斯为他的《第一交响曲》犹豫不决了整整二十年。如果说勃拉姆斯对贝多芬是爱恨交加的话，那么对待巴赫他可以说是一往情深。当时的巴赫很少为人所知，勃拉姆斯一生中的很多时间都在宣传和颂扬他，而且随着岁月的流逝，巴赫作品中超凡脱俗的品质也出现在勃拉姆斯的作品中。

在那个时代，勃拉姆斯是一个热爱旧音乐的人，他像一个真诚的追星族那样，珍藏着莫扎特《G小调交响乐》、海顿作品20号《弦乐四重奏》和贝多芬的《海默克拉维》等名曲的素描簿，并且为出版社编辑了第一本完整的莫扎特作品集和舒伯特的部分交响乐。他对古典主义的迷恋使他获得了无懈可击的作曲技巧，同时也使他得到了严格的自我批评的勇气。他个人的品格决定了他的音乐叙述，反过来他的音乐又影响了他的品格，两者互相搀扶着，他就让自己越走越远，几乎成为了一个时代的绊脚石。

勃拉姆斯怀旧的态度和固执的性格，使他为自己描绘出了保守的形象，使他在那个时代里成为了激进主义的敌人，从而将自己卷入了一场没完没了的纷争之中，无论是赞扬他的人还是攻击他的人，都指出了他的保守，不同的是赞扬者是为了维护他的保守，而攻击者是要求他激进起来。有时候，事实就是这样令人不安，同样的品质既受人热爱也被人仇恨。于是他成为了德国音乐反现代派的领袖，在一些人眼中他还成为了音乐末日的象征。

激进主义的李斯特和瓦格纳是那个时代的代表，他们也确实是那个时代当之无愧的代表。尤其是瓦格纳，这位半个无政府主义和半个革命者的瓦格纳，这位集天才和疯子于一身的瓦格纳，几乎是19世纪的音乐里最富于戏剧性的人物。毫无疑问，他是一位剧场圣手，他将舞台和音乐视为口袋里的钱币，像个花花公子似的尽情挥霍，却又从不失去分寸。《尼贝龙根的指环》所改变的不仅仅是音乐戏剧的长度，同时也改变了音乐史的进程，这部掠夺了瓦格纳二十五年天赋和二十五年疯狂的四部曲巨作，将19世纪的大歌剧推上了悬崖，让所有的后来者望而生畏，谁若再向前一步，谁就将粉身碎骨。在这里，也在他另外的作品里，瓦格纳一步步发展了慑人感官的音乐语言，他对和声的使用，将使和声之父巴赫在九泉之下都会感到心惊肉跳。因此，比他年长十一岁的罗西尼只能这样告诉人们："瓦格纳有他美丽的一刻，但他大部分时间里都非常恐怖。"

李斯特没有恐怖，他的主题总是和谐的，而且是主动的和大规模的，同时又像舒曼所说的"魔鬼附在了他的身上"。应该说，他主题部分的叙述出现在19世纪的音乐中时是激进和现代的。他的大规模的组织结构直接影响了他的学生瓦格纳，给了瓦格纳一条变本加厉的道路，怂恿他将大规模的主题概念推入了令人不安的叙述之中。而李斯特自己的音乐则是那么的和谐，犹如山坡般宽阔地起伏着，而不是山路的狭窄的起伏。他的和谐不是巴洛克似的工整，他激动之后也会近似于疯狂，可他从不像贝多芬那样放纵自己。在内心深处，他其实是一位诗人，一位行走在死亡和生命、现实和未来、失去和爱的边界的诗人，他在《前奏曲》的序言里这样写道："我们的生活就是一连串对无知未来的序曲，第一个庄严的音符是死亡吗？每一天迷人的黎明都以爱为开端……"

与此同时，在人们的传说中，李斯特几乎是有史以来最伟大的钢琴演奏家，这位匈牙利人的演奏技巧如同神话一样流传着，就像人们谈论着巴赫的管风琴演奏。录音时代的姗姗来迟，使这样的神话得到了永不会破灭的保护。而且李斯特的舞台表现几乎和他的演奏技巧一样卓越，一位英国学者曾经这样描述他的演奏："我看到他脸上出现那种掺和着满面春风的痛苦表情，这种面容我只在一些古代大师绘制的救世主的画像中见到过。他的手在键盘上掠过时，我身下的地板像钢丝一样晃动起来，整个观众席都笼罩在声音之中。这时，艺术家的手和整个身躯垮了下来。他昏倒在替他翻谱的朋友的怀抱中，在他这一阵歇斯底里的发作中我们一直等在那里，一房间的人全都吓得凝神屏气地坐着，直到艺术家恢复了知觉，大家才透出一口气来。"

勃拉姆斯就是生活在这样的一个时代，一个差不多属于了瓦格纳的时代；一个李斯特这样的魔鬼附身者的时代；一个君主制正在衰落、共和制正在兴起的时代；一个被荷尔德林歌唱着指责的时代——"你看得见工匠，但是看不见人；看得见思想家，但是看不见人；看得见牧师，但是看不见人；看得见主子和奴才，成年人和未成年人，但是看不见人。"那时的荷尔德林已经身患癫疾，正在自己疲惫的生命里苟延残喘，可他仍不放过一切指责德国的机会，"我想不出来还有什么民族比德国人更加支离破碎的了"。作为一位德国诗人，他抱怨"德国人眼光短浅的家庭趣味"，他将自己的欢呼送给了法国，送给了共和主义者。那个时代的巴黎，维克多·雨果宣读了他的《克伦威尔序言》，他正在让克伦威尔口出狂言："我把议会装在我的提包里，我把国王装在我的口袋里。"

然后，《欧那尼》上演了，巴黎剧院里的战争开始了——"幕布一升起，一场暴风雨就爆发了：每当戏剧上演，剧场里就人声鼎沸，要费尽九牛二虎之力才能把戏剧演到收场。连续一百个晚上，《欧那尼》受到了'嘘嘘'的倒彩，而连续一百个晚上，它同时也受到了热忱的青年们暴风雨般的喝彩。"维克多·雨果的支持者们，那群年轻的画家、建筑家、诗人、雕刻家、音乐家还有印刷工人一连几个晚上游荡在里佛里街，将"维克多·雨果万岁"的口号写满了所有的拱廊。雨果的敌人们定了剧院的包厢，却让包厢空着，以便让报纸刊登空场的消息。他们即使去了剧院，也背对舞台而坐，手里拿着份报纸，假装聚精会神在读报，或者互相做着鬼脸，轻蔑地哈哈大笑，有时候尖声怪叫和乱吹口哨。维克多·雨果安排了三百个座位由自己来支配，于是三百个雨果的支持者铜墙铁壁似的保护着舞台，这里面几乎容纳了整个19世纪法国艺术的精华，有巴尔扎克，有大仲马，有拉马丁、圣伯甫、夏尔莱、梅里美、戈蒂叶、乔治·桑、杜拉克洛瓦……波兰人肖邦和匈牙利人李斯特也来到了巴黎。后来，雨果夫人这样描述她丈夫的那群年轻的支持者："一群狂放不羁，不同凡响的人物，蓄着小胡子和长头发，穿着各种样式的服装——就是不穿当代的服装——什么羊毛紧身上衣啦，西班牙斗篷啦，罗伯斯庇尔的背心啦，亨利第三的帽子啦——身穿上下各个时代、纵横各个国家的奇装异服，在光天化日之下出现在剧院的门口。"

这就是那个伟大时代的开始。差不多是身在德国的荷尔德林看到了满街的工匠、思想家、牧师，主子和奴才，成年人和未成年人，可是看不到一个"人"的时候，年轻一代的艺术家开始了他们各自光怪陆离的叛逆，他们的叛逆不约而同地首先将自己打扮成了另一种人，那种让品行端正、衣着完美、缠着围巾、戴着高领、正襟危坐的资产阶级深感不安的人，就像李斯特的手在键盘上掠过似的，这一小撮人使整个19世纪像钢丝一样晃动了起来。他们举止粗鲁，性格放荡，随心所欲，装疯卖傻；他们让原有的规范和制度都见鬼去。这群无政府主义者加上革命者再加上酒色之徒的青年艺术家，似乎就是荷尔德林希望看到的"人"。他们生机勃勃地，或者说是丧心病狂地将人的天赋、人的欲望、人的恶习尽情发挥，然后天才一个一个出现了。

可是勃拉姆斯的作品保持着一如既往的严谨，他生活在那个越来越疯狂，而且疯狂正在成为艺术时尚的时代，而他却是那样的小心翼翼，讲究克制，懂得适可而止，避免奇谈怪论，并且一成不变。他似乎表达了一个真正德国人的性格——内向和深沉，可是他的同胞瓦格纳也是一个真正的德国人，还有荷尔德林式的对德国心怀不满的德国人，瓦格纳建立了与勃拉姆斯完全相反的形象，一种可以和巴黎遥相呼应的形象，一种和那个时代不谋而合的形象。对照之下，勃拉姆斯实在不像是一个艺术家。那个时代里不多的那些天才几乎都以叛逆自居，而勃拉姆斯却心甘情愿地从古典的理想里开始自己的写作；那些天才尽管互相赞美着对方，可是他们每个人都深信自己是孤独的，自己作品里的精神倾向与同时代其他人的作品截然不同，也和过去时代的作品截然不同，勃拉姆斯也同样深信自己是孤独的，可是孤独的方式和他们不一样。其实他只要像瓦格纳那样去尝试几次让人胆战心惊的音响效果，或者像李斯特那样为了艺术，不管是真是假在众人面前昏倒在地一次，歇斯底里地发作一次，他就有希望很像那个时代的艺术家了。可是勃拉姆斯一如既往地严肃着，而且一步步走向了更为抽象的严肃。可怜的勃拉姆斯生活在这样的一个时代，就像是巴赫的和声进入了瓦格纳大号的旋律，他成为了一个很多人都想删除的音符。就是远在俄罗斯的柴可夫斯基，也在日记中这样写道："我刚刚弹奏了无聊的勃拉姆斯作品，真是一个毫无天分的笨蛋。"

勃拉姆斯坚持己见，他将二十岁第一次见到舒曼时就已经显露的保守的个性、内向和沉思的品质保持了终生。1885 年，他在夏天的奥地利写完了自己最后一部交响曲。《第四交响曲》中过于严谨的最后乐章，使他最亲密的几个朋友都深感意外，他们批评这个乐章清醒却没有生气，建议勃拉姆斯删除这个乐章，另外再重写一个新的乐章。一生固执的勃拉姆斯当然拒绝了，他比任何人都了解自己作品中特殊的严肃气质，一个厚重的结尾乐章是不能替代的。第二年，他开始写作那首 F 大调的大提琴和钢琴奏鸣曲了。

这时候，19 世纪所剩无几了，那个疯狂的时代也已经烟消云散。瓦格纳、李斯特相继去世，荷尔德林和肖邦去世已经快有半个世纪了。在法国，那群团结一致互相协作的青年艺术家早就分道扬镳了。维克多·雨果早已经流亡泽西岛，大仲马也早已经将文学变成生财之道，圣伯甫和戈蒂叶在社交圈里流连忘返，梅里美在欧也妮皇后爱情的宫廷里权势显赫，缪塞沉醉在苦酒之中，乔治·桑隐退诺昂，还有一些人进入了坟墓。

勃拉姆斯完成了他的第二首，也是最后一首大提琴和钢琴奏鸣曲，与第一首 E 小调的奏鸣曲相隔了二十一年。往事如烟，不堪回首。勃拉姆斯老了，身体不断地发胖使他越来越感到行动不便。幸运的是，他仍然活着，他仍然在自己的音乐里表达着与生俱有的沉思品质。他还是那么的严肃，而且他的严肃越来越深，在内心的深渊里不断下沉，永不见底地下沉着。他是一个一生都行走在同一条道路上的人，从不怀疑自己是否走错了方向，别人的指责和瓦格纳式的榜样从没有让他动心，而且习惯了围绕着他的纷争，在纷争里叙述着自己的音乐。他是一个一生都清醒的人，他知道音乐上的纷争是什么；他知道还在遥远的巴洛克时代就已经喋喋不休了，而且时常会父债子还。他应该读过卡尔·巴赫的书信，也应该知道这位忠诚的学生和儿子在晚年是如何热情地捍卫父亲约翰·巴赫的。当一位英格兰人伯尔尼认为亨德尔在管风琴演奏方面已经超过约翰·巴赫时，卡尔·巴赫愤怒了，他指责英格兰人根本不懂管风琴，因为他们的管风琴是没有踏板的，所以英格兰人不会了解构成杰出的管风琴演奏的条件是什么。卡尔·巴赫在给埃森伯格教授的信中这样写道："脚在解决最红火、最辉煌以及许多伯尔尼一无所知的事情中起着关键的作用。"

勃拉姆斯沉默着，他知道巴赫、莫扎特、贝多芬、舒伯特，还有他的导师舒曼的音乐已经世代相传了，同时音乐上的纷争也在世代相传着，曾经来到过他的身旁，现在经过了他，去寻找更加年轻的一代。如今，瓦格纳和李斯特都已经去世，关于激进的音乐和保守的音乐的纷争也已经远离他们。如同一辆马车从驿站经过，对勃拉姆斯而言，这是最后的一辆马车，车轮在泥泞里响了过去，留下了荒凉的驿站和荒凉的他，纷争的马车已经不愿意在这荒凉之地停留了，它要驶向年轻人热血沸腾的城市。勃拉姆斯茕茕孤立，黄昏正在来临。他完成了这第二首大提琴和钢琴奏鸣曲，这首 F 大调的奏鸣曲也是他第 99 部音乐作品。与第一首大提琴和钢琴奏鸣曲相比，似乎不是另外一部作品，似乎是第一首奏鸣曲的第三个乐章结束后，又增加了四个乐章。

中间相隔的二十一年发生了什么？勃拉姆斯又是如何度过的？疑问无法得到解答，谁也无法从他的作品里去感受他的经历，他的作品和作品之间似乎只有一夜之隔，漫长的二十一年被取消了。这是一个内心永远大于现实的人，而且他的内心一成不变。他在二十岁的时候已经具有了五十三岁的沧桑，在五十三岁的时候他仍然像二十岁那样年轻。

第二首大提琴和钢琴奏鸣曲保持了勃拉姆斯内省的激情，而漫长的回忆经过了切割之后，成为了叹息一样的段落，在旋律里闪现。于是这一首奏鸣曲更加沉重和阴暗，不过它有着自始至终的、饱满的温暖。罗斯特罗波维奇和塞尔金的演奏仿佛是黄昏的降临，万物开始沉浸到安宁之中，人生来到了梦的边境，如歌如诉，即便是死亡也是温暖的。这时候的大提琴和钢琴就像是两位和谐的老人，坐在夕阳西下的草坡上，面带微笑地欣赏着对方的发言。

很多年过去了，勃拉姆斯的生命消失了，他的音乐没有消失，他的音乐没有在他生命终止的地方停留下来，他的音乐叙述着继续向前，与瓦格纳的音乐走到了一起，与李斯特和肖邦的音乐走到了一起，又和巴赫、贝多芬和舒曼的音乐走到了一起，他们的音乐无怨无恨地走在了一起，在没有止境的道路上进行着没有止境的行走。

然而，年轻一代成长起来了，勋伯格成长起来了，这位20世纪最伟大的音乐革命者，这位瓦格纳的信徒，同时也是勃拉姆斯的信徒，在他著名的《升华之夜》里，将瓦格纳的半音和弦和勃拉姆斯室内乐作品中精致结构以及淋漓尽致的动机合二为一了。勋伯格当然知道有关瓦格纳和勃拉姆斯的纷争，而且他自己也正在经历着类似的纷争。对于他来说，也对于其他年轻的作曲家来说，勃拉姆斯是一位音乐语言的伟大创新者，他在那个时代被视为保守的音乐写作在后来者眼中，开始显示其前瞻的伟大特性；至于瓦格纳，他在那个时代就已经是公认的激进主义者，公认的音乐语言的创新者，后来时代的人也就不会再去枉费心机了。随着瓦格纳和勃拉姆斯的去世，随着那个时代的结束，有关保守和激进的纷争也自然熄灭了。这两位生前水火不相容的作曲家，在他们死后，在勋伯格这一代人眼中，也在勋伯格之后的那一代人眼中，他们似乎亲如兄弟，他们的智慧相遇在《升华之夜》，而且他们共同去经历那些被演奏的神圣时刻，共同给予后来者有效的忠告和宝贵的启示。

事实上，是保守还是激进，不过是一个时代的看法，它从来都不是音乐的看法。任何一个时代都会结束，与那些时代有关的看法也同样在劫难逃。对于音乐而言，从来就不存在什么保守的音乐和激进的音乐，音乐是那些不同时代和不同国家民族的人，那些不同经历和不同性格的人，出于不同的理由和不同的认识，以不同的立场和不同的形式，最后以同样的赤诚之心创造出来的。因此，音乐里只有叙述的存在，没有其他的存在。

1939 年，巴勃罗·卡萨尔斯为抗议佛朗哥政府，离开了西班牙，来到了法国的普拉德小镇居住，这位"最伟大的大提琴家，又是最高尚的人道主义者"开始了他隐居的生活。卡萨尔斯选择了紧邻西班牙国境的普拉德小镇，使他离开了西班牙以后，仍然可以眺望西班牙。巴勃罗·卡萨尔斯的存在，使普拉德小镇成为了召唤，召唤着游荡在世界各地的音乐家。在每一年的某一天，这些素未谋面或者阔别已久的音乐家就会来到安静的普拉德，来到卡萨尔斯音乐节。于是普拉德小镇的广场成为了人类音乐的广场，这些不同肤色、不同年龄和不同性别的音乐家坐到了一起，在白雪皑皑的阿尔卑斯山下，人们听到了巴赫和亨德尔的声音，听到了莫扎特和贝多芬的声音，听到了勃拉姆斯和瓦格纳的声音，听到了巴托克和梅西安的声音……只要他们乐意，他们可以演奏音乐里所有形式的叙述，可是他们谁也无法演奏音乐史上的纷争。

一九九八年十二月十三日

高 潮

肖斯塔科维奇和霍桑

肖斯塔科维奇在1941年完成了作品编号60的《第七交响曲》。这一年，希特勒的德国以32个步兵师、4个摩托化师、4个坦克师和1个骑兵旅，还有6000门大炮、4500门迫击炮和1000多架飞机猛烈进攻列宁格勒。希特勒决心在这一年秋天结束之前，将这座城市从地球上抹掉。也是这一年，肖斯塔科维奇在列宁格勒战火的背景下度过了三十五岁生日，他的一位朋友拿来了一瓶藏在地下的伏特加酒，另外的朋友带来了黑面包皮，而他自己只能拿出一些土豆。饥饿和死亡、悲伤和恐惧形成了巨大的阴影，笼罩着他的生日和生日以后的岁月。于是，他在"生活艰难，无限悲伤，无数眼泪"中，写下了第三乐章阴暗的柔板，那是"对大自然的回忆和陶醉"的柔板，凄凉的弦乐在柔板里随时升起，使回忆和陶醉时断时续，战争和苦难的现实以噩梦的方式折磨着他的内心和他的呼吸，使他优美的抒情里时常出现恐怖的节奏和奇怪的音符。

事实上，这是肖斯塔科维奇由来已久的不安，远在战争开始之前，他的噩梦已经开始了。这位来自彼得格勒音乐学院的年轻的天才，十九岁时就应有尽有了。他的毕业作品《第一交响曲》深得尼古拉·马尔科的喜爱，就是这位俄罗斯的指挥家在列宁格勒将其首演，然后立刻出现在托斯卡尼尼·斯托科夫斯基和瓦尔特等人的节目单上。音乐是世界的语言，不会因为漫长的翻译而推迟肖斯塔科维奇世界声誉的迅速来到，可是他的年龄仍然刻板和缓慢地进展着，他太年轻了，不知道世界性的声誉对于一个作曲家意味着什么，他仍然以自己年龄应有的方式生活着，生机勃勃和调皮捣蛋。直到1936年，斯大林听到了他的歌剧《姆钦斯克县的麦克白夫人》后，公开发表了一篇严厉指责的评论。斯大林的声音意味着什么，意味着整个国家都会胆战心惊，当这样的声音从那两片小胡子下面发出时，三十岁的肖斯塔科维奇还在睡梦里干着甜蜜的勾当，次日清晨当他醒来以后，已经不是用一身冷汗可以解释他的处境了。然后，肖斯塔科维奇立刻成熟了。他的命运就像盾牌一样，似乎专门是为了对付打击而来。他在对待荣誉的时候似乎没心没肺，可是对待厄运他从不松懈。在此后四十五年的岁月里，肖斯塔科维奇老谋深算，面对一次一次汹涌而来的批判，他都能够身心投入地加入到对自己的批判中去，他在批判自己的时候毫不留情，如同火上加油，他似乎比别人更乐意置自己于死地，令那些批判者无话可说，只能再给他一条悔过自新的生路。然而在心里，肖斯塔科维奇从来就没有悔过自新的时刻，一旦化险为夷他就重蹈覆辙，似乎是好了伤疤立刻就忘了疼痛，其实他根本就没有伤疤，他只是将颜料涂在自己身上，让虚构的累累伤痕惟妙惟肖，他在这方面的高超技巧比起他作曲的才华毫不逊色，从而使他躲过了一次又一次的劫难，完成了命运赋予他的一百四十七首音乐作品。

尽管从表面上看，比起布尔加科夫，比起帕斯捷尔纳克，比起同时代的其他艺术家凄惨的命运，肖斯塔科维奇似乎过着幸福的生活，起码他衣食不愁，而且住着宽敞的房子，他可以将一个室内乐团请到家中客厅来练习自己的作品，可是在心里，肖斯塔科维奇同样也在经历着艰难的一生。当穆拉文斯基认为肖斯塔科维奇试图在作品里表达出欢欣的声音时，肖斯塔科维奇说："哪里有什么欢欣可言？"肖斯塔科维奇在生命结束的前一年，在他完成的他第十五首，也是最后一首弦乐四重奏里，人们听到了什么？第一乐章漫长的和令人窒息的旋律意味着什么？将一个只有几秒的简单乐句拉长到十二分钟，已经超过作曲家技巧的长度，达到了人生的长度。

肖斯塔科维奇的经历是一位音乐家应该具有的经历，他的忠诚和才华都给予了音乐，而对他所处的时代和所处的政治，他并不在乎，所以他人云亦云，苟且偷生。不过人的良知始终陪伴着他，而且一次次地带着他来到那些被迫害致死的朋友墓前，他沉默地伫立着，他的伤心也在沉默，他不知道接下去的坟墓是否属于他，他对自己能否继续蒙混过关越来越没有把握，幸运的是他最终还是蒙混过去了，直到真正的死亡来临。与别人不同，这位戴着深度近视眼镜的作曲家将自己的坎坷之路留在了内心深处，而将宽厚的笑容给予了现实，将沉思的形象给予了摄影照片。

因此当希特勒德国的疯狂进攻开始后，已经噩梦缠身的肖斯塔科维奇又得到了新的噩梦，而且这一次的噩梦像白昼一样的明亮和实实在在，饥饿、寒冷和每时每刻都在出现的死亡如同杂乱的脚步，在他身旁周而复始地走来走去。后来，他在《见证》里这样说：战争的来到使苏联人意外地获得了一种悲伤的权利。这句话一箭双雕，在表达了一个民族痛苦的后面，肖斯塔科维奇暗示了某一种自由的来到，或者说"意外地获得了一种权利"。显然，专制已经剥夺了人们悲伤的权利，人们活着只能笑逐颜开，即使是哭泣也必须是笑出了眼泪。对此，身为作曲家的肖斯塔科维奇有着更为隐晦的不安，然而战争改变了一切，在饥饿和寒冷的摧残里，在死亡威胁的脚步声里，肖斯塔科维奇意外地得到了悲伤的借口，他终于可以安全地在自己的作品中表达悲伤，表达来自战争的悲伤，同时也是和平的悲伤；表达个人的悲伤，也是人们共有的悲伤；表达人们由来已久的悲伤，也是人们将要世代相传的悲伤。而且，无人可以指责他。

这可能是肖斯塔科维奇写作《第七交响曲》的根本理由，写作的灵感似乎来自《圣经·诗篇》里悲喜之间的不断转换，这样的转换有时是在瞬间完成，有时则是漫长和遥远的旅程。肖斯塔科维奇在战前已经开始了这样的构想，并且写完了第一乐章，接着战争开始了，肖斯塔科维奇继续自己的写作，并且在血腥和残酷的列宁格勒战役中完成了这一首《第七交响曲》。然后，他发现一个时代找上门来了，1942 年 3 月 5 日，《第七交响曲》在后方城市古比雪夫首演后，立刻成为了这个正在遭受耻辱的民族的抗击之声，另外一个标题"列宁格勒交响曲"也立刻覆盖了原有的标题"第七交响曲"。

这几乎是一切叙述作品的命运，它们需要获得某一个时代的青睐，才能使自己得到成功的位置，然后一劳永逸地坐下去。尽管它们被创造出来的理由可以与任何时代无关，有时候仅仅是书呆子们一时的冲动，或者由一个转瞬即逝的事件引发出来，然而叙述作品自身开放的品质又可以使任何一个时代与之相关，就像叙述作品需要某个时代的帮助才能获得成功，一个时代也同样需要在叙述作品中找到使其合法化的位置。肖斯塔科维奇知道自己写下了什么，他写下的仅仅是个人的感情和个人的关怀，写下了某些来自《圣经·诗篇》的灵感，写下了压抑的内心和田园般的回忆，写下了激昂悲壮、苦难和忍受，当然也写下了战争……于是，1942 年的苏联人民认为自己听到浴血抗战的声音，《第七交响曲》成为了反法西斯之歌。而完成于战前的第一乐章中的插部，那个巨大的令人不安的插部成为了侵略者脚步的诠释。尽管肖斯塔科维奇知道这个插部来源于更为久远的不安，不过现实的诠释也同样有力。肖斯塔科维奇顺水推舟，认为自己确实写下了抗战的《列宁格勒交响曲》，以此献给"我们的反法西斯战斗，献给我们未来的胜利，献给我出生的城市"。他明智的态度是因为他精通音乐作品的价值所在，那就是能够迎合不同时代的诠释，随着时代的改变而不断变奏下去。在古比雪夫的首演之后，《第七交响曲》来到了命运的凯旋门，乐曲的总谱被拍摄成微型胶卷，由军用飞机穿越层层炮火运往了美国。同年的 7 月 19 日，托斯卡尼尼在纽约指挥了《第七交响曲》，作为世界人民反法西斯的大合唱，广播电台向全世界做了实况转播。很多年过去后，那些仍然活着的二战老兵，仍然会为它的第一乐章激动不已。肖斯塔科维奇死于 1975 年，生于 1906 年。

时光倒转一个世纪，在一个世纪的痛苦和欢乐之前，是另一个世纪的记忆和沉默。1804 年，一位名叫纳撒尼尔·霍桑的移民的后代，通过萨勒姆镇来到了人间。位于美国东部新英格兰地区的萨勒姆是一座港口城市，于是纳撒尼尔·霍桑的父亲作为一位船长也就十分自然，他的一位祖辈约翰·霍桑曾经是名噪一时的法官，在 17 世纪末将十九位妇女送上了绞刑架。显然，纳撒尼尔·霍桑出生时家族已经衰落，老纳撒尼尔已经没有了约翰法官掌握别人命运的威严，他只能开始并且继续自己的漂泊生涯，将自己的命运交给了大海和风暴。1808 年，也就是小纳撒尼尔出生的第四年，老纳撒尼尔因患黄热病死于东印度群岛的苏里南。这是那个时代里屡见不鲜的悲剧，当出海数月的帆船归来时，在岸边望穿秋水的女人和孩子们，时常会在天真的喜悦之后，去承受失去亲人的震惊以及此后漫长的悲伤。后来成为一位作家的纳撒尼尔·霍桑，在那个悲伤变了质的家庭里度过了三十多年沉闷和孤独的岁月。

　　这是一个在生活里迷失了方向的家庭，茫然若失的情绪犹如每天的日出一样照耀着他们，家庭中的每一个成员都不由自主地助长着自己的孤僻性格，岁月的流逝使他们在可怜的自我里越陷越深，到头来母子和兄妹之间视同陌路。博尔赫斯在《纳撒尼尔·霍桑》一文中这样告诉我们："霍桑船长死后，他的遗孀，纳撒尼尔的母亲，在二楼自己的卧室里闭门不出。两姐妹，路易莎和伊丽莎白的卧室也在二楼；最后一个房间是纳撒尼尔的。那几个人不在一起吃饭，相互之间几乎不说话；他们的饭搁在一个托盘上，放在走廊里。纳撒尼尔整天在屋里写鬼故事，傍晚时分才出来散散步。"

　　身材瘦长、眉目清秀的霍桑显然没有过肖斯塔科维奇那样生机勃勃的年轻时光，他在童年的时候就已经开始了未老先衰的生活，直到三十八岁遇到他的妻子索菲亚，此后的霍桑总算是品尝了一些生活的真正乐趣。在此之前，他的主要乐趣就是给他在波多因大学时的同学朗费罗写信，他在信中告诉朗费罗："我足不出户，主观上一点不想这么做，也从未料到自己会出现这种情况。我成了囚徒，自己关在牢房里，现在找不到钥匙，尽管门开着，我几乎怕出去。"这两位 19 世纪美国浪漫主义文学的杰出代表出自同一个校园，不过他们过着截然不同的生活，朗费罗比霍桑聪明得多，他知道如何去接受著名诗人所能带来的种种好处。阴郁和孤僻的霍桑对此一无所知，他热爱写作，却又无力以此为生，只能以更多的时间和精力去应付税关职员的工作，然后将压抑和厌世的情绪通过书信传达给朗费罗，试图将他的朋友也拉下水。朗费罗从不上当，他只在书信中给予霍桑某些安慰，而不会为他不安和失眠。真正给予霍桑无私的关心和爱护的只有索菲亚，她像霍桑一样热爱着他的写作，同时她精通如何用最少的钱将一个家庭的生活维持下去，当霍桑丢掉了税关的职务沮丧地回到家中时，索菲亚却喜悦无比地欢迎他，她的高兴是那么的真诚，她对丈夫说："现在你可以写你的书了。"

纳撒尼尔·霍桑作品中所弥漫出来的古怪和阴沉的气氛，用博尔赫斯的话说是"鬼故事"，显然来源于他古怪和阴沉的家庭。按照人们惯常的逻辑，人的记忆似乎是从五岁时才真正开始，如果霍桑的记忆不例外的话，自四岁的时候失去父亲，霍桑的记忆也就失去了童年，我所指的是大多数人所经历过的那种童年，也就是肖斯塔科维奇和朗费罗他们所经历过的童年，那种属于田野和街道、属于争吵和斗殴、属于无知和无忧的童年。这样的童年是贫穷、疾病和死亡都无法改变的。霍桑的童年犹如笼中之鸟，在阴暗的屋子里成长，和一个丧失了一切愿望的母亲，还有两个极力模仿着母亲并且最终比母亲还要阴沉的姐妹生活在一起。

这就是纳撒尼尔·霍桑的童年，墙壁阻断了他与欢乐之间的呼应和对视，他能够听到外面其他孩子的喧哗，可是他只能待在死一般沉寂的屋子里。门开着，他不是不能出去，而是——用他自己的话说是"我几乎怕出去"。在这样的环境里成长起来的霍桑，自然会理解威克菲尔德的离奇想法，在他写下的近两千页的故事和小品里，威克菲尔德式的人物会在页码的翻动中不断涌现，古怪、有趣和令人沉思。博尔赫斯在阅读了霍桑的三部长篇和一百多部短篇小说之外，还阅读了他保存完好的笔记，霍桑写作心得的笔记显示了他还有很多与众不同的有趣想法，博尔赫斯在《纳撒尼尔·霍桑》一文中向我们展示一些霍桑没有在叙述中完成的想法——"有个人从十五岁到三十五岁让一条蛇待在他的肚子里，由他饲养，蛇使他遭到了可怕的折磨。""一个人清醒时对另一个人印象很好，对他完全放心，但梦见那个朋友却像死敌一样对待他，使他不安。最后发现梦中所见才是那人的真实面目。""一个富人立下遗嘱，把他的房子赠送给一对贫穷的夫妇。这对夫妇搬了进去，发现房子里有一个阴森的仆人，而遗嘱规定不准将他解雇。仆人使他们的日子过不下去；最后才知道仆人就是把房子送给他们的那人。"……

索菲亚进入了霍桑的生活之后，就像是一位技艺高超的工匠那样修补起了霍桑破烂的生活，如同给磨破的裤子缝上了补丁，给漏雨的屋顶更换了瓦片，索菲亚给予了霍桑正常的生活，于是霍桑的写作也逐渐显露出一些正常的情绪，那时候他开始写作《红字》了。与威克菲尔德式的故事一样，《红字》继续着霍桑因为过多的沉思后变得越来越压抑的情绪。这样的情绪源远流长，从老纳撒尼尔死后就开始了，这是索菲亚所无法改变的。事实上，索菲亚并没有改变霍桑什么，她只是唤醒了霍桑内心深处另外一部分的情感。这样的情感在霍桑的心里已经沉睡了三十多年，现在醒来了，然后人们在《红字》里读到了一段段优美宁静的篇章，读到了在《圣经》之前就已经存在的同情和怜悯，读到了忠诚和眼泪……这是《威克菲尔德》这样的故事所没有的。

1850年，也就是穷困潦倒的爱伦·坡去世后不久，《红字》出版了。《红字》的出版使纳撒尼尔·霍桑彻底摆脱了与爱伦·坡类似的命运，使他声名远扬，次年就有了德译本，第三年有了法译本。霍桑家族自从约翰法官死后，终于再一次迎来了显赫的名望，而且这一次将会长存下去。此后的霍桑度过了一生里最为平静的十四年，虽然那时候的写作还无法致富，然而生活已经不成问题，霍桑与妻子索菲亚还有子女过起了心安理得的生活。当他接近六十岁的时候，四岁时遭受过的命运再一次找上门来，这一次是让他的女儿夭折。与肖斯塔科维奇不断遭受外部打击的盾牌似的一生不同，霍桑一生如同箭靶一样，把每一支利箭都留在了自己的心脏上。他默默地承受着，牙齿打碎了往肚里咽，就是他的妻子索菲亚也无法了解他内心的痛苦究竟有多少，这也是索菲亚为什么从来都无法认清他的原因所在。对索菲亚来说，霍桑身上总是笼罩着一层"永恒的微光"。女儿死后不到一年，1864年的某一天，不堪重负的霍桑以平静的方式结束了自己的一生，他在睡梦里去世了。霍桑的死，就像是《红字》的叙述那样宁静和优美。

纳撒尼尔·霍桑和肖斯塔科维奇，一位是1804年至1864年之间出现过的美国人，另一位是1906年至1975年之间出现过的俄国人；一位写下了文学的作品，另一位写下了音乐的作品。他们置身于两个截然不同的时代，完成了两个截然不同的命运，他们之间的距离比他们相隔的一个世纪还要遥远。然而，他们对内心的坚持却是一样的固执和一样的密不透风，心灵的相似会使两个截然不同的人有时候成为了一个人，纳撒尼尔·霍桑和肖斯塔科维奇，他们的某些神秘的一致性，使他们获得了类似的方式，在岁月一样漫长的叙述里去经历共同的高潮。

《第七交响曲》和《红字》

肖斯塔科维奇《第七交响曲》中第一乐章的叙述，确切地说是第一乐章中著名的侵略插部与《红字》的叙述迎合到了一起，仿佛是两面互相凝视中的镜子，使一部音乐作品和一部文学作品都在对方的叙述里看到了自己的形象。肖斯塔科维奇让那个插部进展到了十分钟以上的长度，同时让里面没有音乐，或者说由没有音乐的管弦乐成分组成，一个单一曲调在鼓声里不断出现和不断消失，如同霍桑《红字》中单一的情绪主题的不断变奏。就像肖斯塔科维奇有时候会在叙述中放弃音乐一样，纳撒尼尔·霍桑同样也会放弃长篇小说中必要的故事的起伏，在这部似乎是一个短篇小说结构的长篇小说里，霍桑甚至放弃了叙述中惯用的对比，肖斯塔科维奇也在这个侵略插部中放弃了对比。接下来他们只能赤裸裸地去迎接一切叙述作品中最为有力的挑战，用渐强的方式将叙述进行下去。这两个人都做到了，他们从容不迫和举重若轻地使叙述在软弱中越来越强大。毫无疑问，这种渐强的方式是最为天真的方式，就像孩子的眼睛那样单纯，同时它又是最为有力的叙述，它所显示的不只是叙述者的技巧是否炉火纯青，当最后的高潮在叙述的渐强里逐步接近并且终于来到时，它就会显示出人生的重量和命运的空旷。

这样的方式使叙述之弦随时都会断裂似的绷紧了，在接近高潮的时候仿佛又在推开高潮，如此周而复始，不断培育着将要来到的高潮，使其越来越庞大和越来越沉重，因此当它最终来到时，就会像是末日的来临一样令人不知所措了。

肖斯塔科维奇给予了我们这样的经历，在那个几乎使人窒息的侵略插部里，他让鼓声反复敲响了一百七十五次，让主题在十一次的变奏里艰难前行。没有音乐的管弦乐和小鼓重复着来到和离去，并且让来到和离去的间隔越来越短暂，逐渐成为了瞬间的转换，最终肖斯塔科维奇取消了离去，使每一次的离去同时成为了来到。巨大的令人不安的音响犹如天空那样笼罩着我们，而且这样的声音还在源源不断地来到，天空似乎以压迫的方式正在迅速地缩小。高潮的来临常常意味着叙述的穷途末路，如何在高潮之上结束它，并且使它的叙述更高地扬起，而不是垂落下来，这样的考验显然是叙述作品的关键。

肖斯塔科维奇的叙述是让主部主题突然出现，这是一个尖锐的抒情段落，在那巨大可怕的音响之上生长起来。顷刻之间奇迹来到了，人们看到"轻"比"沉重"更加有力，仿佛是在黑云压城城欲摧之际，一道纤细的阳光瓦解了灾难那样。当那段抒情的弦乐尖锐地升起，轻轻地飘向空旷之中时，人们也就获得了高潮之上的高潮。肖斯塔科维奇证明了小段的抒情有能力覆盖任何巨大的旋律和任何激昂的节奏。下面要讨论的是霍桑的证明，在跌宕恢宏的篇章后面，短暂和安详的叙述将会出现什么，纳撒尼尔·

霍桑证明了文学的叙述也同样如此。

几乎没有人不认为纳撒尼尔·霍桑在《红字》里创造了一段罗曼史，事实上也正是因为《红字》的出版，使纳撒尼尔摇身一变成为了浪漫主义作家，也让他找到了与爱伦·坡分道扬镳的机会，在此之前这两个人都在阴暗的屋子里编写着灵魂崩溃的故事。当然，《红字》不是一部甜蜜的和充满了幻想的罗曼史，而是忍受和忠诚的历史。用 D.H. 劳伦斯的话说，这是"一个实实在在的人间故事，却内含着地狱般的意义"。

海丝特·白兰和年轻的牧师丁梅斯代尔，他们的故事就像是亚当和夏娃的故事，在勾引和上钩之后，或者说是在瞬间的相爱之后，就有了人类起源的神话，同时也有了罪恶的神话。出于同样的理由，《红字》的故事里有了珠儿，一个精灵般的女孩，她成为了两个人短暂的幸福和长时期痛苦的根源。故事开始时已经是木已成舟，在清教盛行的新英格兰地区，海丝特·白兰没有丈夫存在的怀孕，使她进入了监狱，她在狱中生下了珠儿。这一天早晨——霍桑的叙述开始了——监狱外的市场上挤满了人，等待着海丝特·白兰——这个教区的败类和荡妇如何从监狱里走出来，人们议论纷纷，海丝特·白兰从此将在胸口戴上一个红色的 A 字，这是英文里"通奸"的第一个字母，她将在耻辱和罪恶中度过一生。然后，"身材修长，容姿完整优美到堂皇程度"的海丝特，怀抱着只有三个月的珠儿光彩照人地走出了监狱，全然不是"会在灾难的云雾里黯然失色的人"，而胸口的红字是"精美的红布制成的，四周有金线织成的细工刺绣和奇巧花样"。手握警棍的狱吏将海丝特带到了市场西侧的绞刑台，他要海丝特站在上面展览她的红字，直到午后一点钟为止。人们辱骂她，逼她说出谁是孩子的父亲，甚至让孩子真正的父亲——受人爱戴的丁梅斯代尔牧师上前劝说她说出真话来，她仍然回答："我不愿意说。"然后她面色变成死灰，因为她看着自己深爱的人，她说："我的孩子必要寻求一个天上的父亲；她永远也不会认识一个世上的父亲！"

这只是忍受的开始，在此后两百多页叙述的岁月里，海丝特经历着越来越残忍的自我折磨，而海丝特耻辱的同谋丁梅斯代尔，这位深怀宗教热情又极善辞令的年轻牧师也同样如此。在两个人的中间，纳撒尼尔·霍桑将罗格·齐灵渥斯插了进去，这位精通炼金术和医术的老人是海丝特真正的丈夫，他在失踪之后又突然回来了。霍桑的叙述使罗格·齐灵渥斯精通的似乎是心术，而不是炼金术。罗格·齐灵渥斯十分轻松地制服了海丝特，让海丝特发誓绝不泄露出他的真实身份。然后罗格·齐灵渥斯不断地去刺探丁梅斯代尔越来越脆弱的内心，折磨他，使他奄奄一息。从海丝特怀抱珠儿第一次走上绞刑台以后，霍桑的叙述开始了奇妙的内心历程，他让海丝特忍受的折磨和丁梅斯代尔忍受的折磨逐渐接近，最后重叠到了一起。霍桑的叙述和肖斯塔科维奇那个侵略插部的叙述，或者和拉威尔的《波莱罗》不谋而合，它们都是一个很长的、没有对比的、逐渐增强的叙述。这是纳撒尼尔才华横溢的美好时光，他的叙述就像沉思中的形象，宁静和温柔，然而在这形象内部的动脉里，鲜血正在不断地冲击着心脏。如同肖斯塔科维奇的侵略插部和拉威尔的《波莱罗》都只有一个高潮，霍桑长达二百多页的《红字》也只有一个高潮，这似乎是所有渐强方式完成的叙述作品的命运，逐步增强的叙述就像是向上的山坡，一寸一寸的连接使它抵达顶峰。

《红字》的顶峰是在第二十三章，这一章的标题是"红字的显露"。事实上，叙述的高潮在第二十一章"新英格兰的节日"就开始了。在这里，纳撒尼尔·霍桑开始显示他驾驭大场面时从容不迫的才能。这一天，新来的州长将要上任，盛大的仪式成为了新英格兰地区的节日，霍桑让海丝特带着珠儿来到了市场，然后他的笔开始了不断的延伸，将市场上欢乐的气氛和杂乱的人群交叉起来，人们的服装显示了他们来自不同的地方，使市场的欢乐显得色彩斑驳。在此背景下，霍桑让海丝特的内心洋溢着隐秘的欢乐，她看到了自己胸前的红字，她的神情里流露出了高傲，她在心里对所有的人说："你们最后再看一次这个红字和佩戴红字的人吧！"因为她悄悄地在明天起航的路上预订了铺位，给自己和珠儿，也给年轻的牧师丁梅斯代尔。这位内心纯洁的人已经被阴暗的罗格·齐灵渥斯折磨得"又憔悴又羸弱"，海丝特感到他的生命似乎所剩无几了，于是她违背了自己的诺言，告诉他和他同住一个屋檐下的老医生是什么人。然后，害怕和绝望的牧师在海丝特爱的力量感召下，终于有了逃离这个殖民地和彻底摆脱罗格·齐灵渥斯的勇气，他们想到了"海上广大的途径"，他们就是这样而来，明天他们也将这样离去，回到他们的故乡英格兰，或者去法国和德国，还有"令人愉快的意大利"，去开始他们真正的生活。

在市场上人群盲目的欢乐里，海丝特的欢乐才是真正的欢乐，纳撒尼尔·霍桑的叙述让其脱颖而出，犹如一个胜利的钢琴主题凌驾于众多的协奏之上。可是一个不和谐的音符出现了，海丝特看到那位衣服上佩戴着各色丝带的船长正和罗格·齐灵渥斯亲密地交谈，交谈结束之后船长走到了海丝特面前，告诉她罗格·齐灵渥斯也在船上预订了铺位。"海丝特虽然心里非常惊慌，却露出一种镇静的态度"，随后她看到她的丈夫站在远处向她微笑，这位阴险的医生"越过了那广大嘈杂的广场，透过人群的谈笑、各种思想、心情和兴致——把一种秘密的、可怕的用意传送过来。"

这时候，霍桑的叙述进入了第二十二章——"游行"。协奏曲轰然奏响，淹没了属于海丝特的钢琴主题。市场上欢声四起，在邻近的街道上，走来了军乐队和知事们与市民们的队伍，丁梅斯代尔牧师走在护卫队的后面，走在最为显赫的人中间，这一天他神采飞扬，"从来没有见过他步伐态度像现在随着队伍行进时那么有精神"，他们走向会议厅，年轻的牧师将要宣读一篇选举说教。海丝特看着他从自己前面走过。

霍桑的叙述出现了不安，不安的主题缠绕着海丝特，另一个阴暗的人物西宾斯夫人，这个丑陋的老妇人开始了对海丝特精神的压迫，她虽然不是罗格·齐灵渥斯的同谋，可是她一样给予了海丝特惊慌的折磨。在西宾斯夫人尖锐的大笑里，不安的叙述消散了。

欢乐又开始了，显赫的人已经走进了教堂，市民们也挤满了大堂，神圣的丁梅斯代尔牧师演讲的声音响了起来，"一种不可抵抗的情感"使海丝特靠近过去，可是到处站满了人，她只能在绞刑台旁得到自己的位置。牧师的声音"像音乐一般，传达出热情和激动，传达出激昂或温柔的情绪"，海丝特"那么热烈地倾听着"，"她捉到了那低低的音调，宛若向下沉落准备静息的风声一样；接着，当那声调逐渐增加甜蜜和力量上升起来的时候，她也随着上升，一直到那音量用一种严肃宏伟的氛围将她全身包裹住。"

霍桑将叙述的欢乐变成了叙述的神圣，一切都寂静了下来，只有丁梅斯代尔的声音雄辩地回响着，使所有的倾听者都感到"灵魂像浮在汹涌的海浪上一般升腾着"。这位遭受了七年的内心折磨，正在奄奄一息的年轻牧师，此刻仿佛将毕生的精力凝聚了起来，他开始经历起回光返照的短暂时光。而在他对面不远处的绞刑台旁，在这寂静的时刻，在牧师神圣的说教笼罩下的市场上，海丝特再次听到那个不谐和的音符，使叙述的神圣被迫中断。那位一无所知的船长，再一次成为罗格·齐灵渥斯阴谋的传达者，而且他是通过另一位无知者珠儿完成了传达。海丝特"心里发生一种可怕的苦恼"，七年的痛苦、折磨和煎熬所换来的唯一希望，那个属于明天"海上广大的途径"的希望，正在可怕地消失，罗格·齐灵渥斯的罪恶将会永久占有他们。此刻沉浸在自己神圣声音中的丁梅斯代尔，对此一无所知。

然后，叙述中高潮的章节"红字的显露"来到了。丁梅斯代尔的声音终于停止了，叙述恢复了欢乐的协奏，"街道和市场上，四面八方都有人在赞美牧师。他的听众，每一个人都要把自己认为强过于旁人的见解尽情吐露之后，才得安静。他们一致保证，从来没有过一个演讲的人像他今天这样，有过如此明智、如此崇高、如此神圣的精神。"接下去，在音乐的鸣响和护卫队整齐的步伐里，丁梅斯代尔和州长、知事，还有一切有地位有名望的人，从教堂里走了出来，走向市政厅盛大的晚宴。霍桑此刻的叙述成为了华彩的段落，他似乎忘记了叙述中原有的节拍，开始了尽情的渲染，让"狂风的呼啸，霹雳的雷鸣，海洋的怒吼"这些奢侈的比喻接踵而来，随后又让"新英格兰的土地上"这样的句式排比着出现，于是欢乐的气氛在市场上茁壮成长和生生不息。

随即一个不安的乐句轻轻出现了，人们看到牧师的脸上有"一种死灰颜色，几乎不像是一个活人的面孔"，牧师踉跄地走着，随时都会倒地似的。尽管如此，这位"智力和情感退潮后"的牧师，仍然颤抖着断然推开老牧师威尔逊的搀扶，他脸上流露出的神色使新任的州长深感不安，使他不敢上前去扶持。这个"肉体衰弱"的不安乐句缓慢地前行着，来到了绞刑台前，海丝特和珠儿的出现使它立刻激昂了起来。丁梅斯代尔向她们伸出了双臂，轻声叫出她们的名字，他的脸上出现了"温柔和奇异的胜利表情"，他刚才推开老牧师威尔逊的颤抖的手，此刻向海丝特发出了救援的呼叫。海丝特"像被不可避免的命运推动着"走向了年轻的牧师，"伸出胳膊来搀扶他，走近刑台，踏上阶梯"。

就在这高高的刑台上，霍桑的叙述走到了高潮。在死一般的寂静里，属于丁梅斯代尔的乐句尖锐地刺向了空中。他说："感谢

余华作品

领我到此地来的上帝！"然后他悄悄对海丝特说，"这不是更好吗。"纳撒尼尔·霍桑的叙述让丁梅斯代尔做出了勇敢的选择，不是通过"海上广大的途径"逃走，而是站到了七年前海丝特怀抱珠儿最初忍受耻辱的刑台之上，七年来他在自己的内心里遭受着同样的耻辱，现在他要释放它们，于是火山爆发了。他让市场上目瞪口呆的人们明白，七年前他们在这里逼迫海丝特说出的那个人就是他。此刻，丁梅斯代尔的乐句已经没有了不安，它变得异常地强大和尖锐，将属于市场上人群的协奏彻底驱赶，以王者的姿态孤独地回旋着。丁梅斯代尔用他生命里最后的声音告诉人们：海丝特胸前的红字只是他自己胸口红字的一个影子。接着，"他痉挛地用着力，扯开了他胸前的牧师的饰带。"让人们看清楚了，在他胸口的皮肉上烙着一个红色的 A 字。随后他倒了下去。叙述的高潮来到了顶峰，一切事物都被推到了极端，一切情感也都开始走投无路。

这时候，纳撒尼尔·霍桑显示出了和肖斯塔科维奇同样的体验，如同"侵略插部"中小段的抒情覆盖了巨大的旋律，建立了高潮之上的高潮那样，霍桑在此后的叙述突然显得极其安详。他让海丝特俯下面孔，靠近丁梅斯代尔的脸，在年轻的牧师告别人世之际，完成了他们最后的语言。海丝特和丁梅斯代尔最后的对话是如此感人，里面没有痛苦，没有悲伤，也没有怨恨，只有短暂的琴声如诉般的安详。因为就在刚才的高潮段落叙述里，《红字》中所有的痛苦、悲伤和怨恨都得到了凝聚，已经成为了强大的压迫，压迫着霍桑全部的叙述。可是纳撒尼尔让叙述继续前进，因为还有着难以言传的温柔没有表达，这样的温柔紧接着刚才的激昂，同时也覆盖了刚才的激昂。在这安详和温柔的小小段落里，霍桑让前面二百多页逐渐聚集起来的情感，那些使叙述已经不堪重负的巨大情感，在瞬间获得了释放。这就是纳撒尼尔·霍桑，也是肖斯塔科维奇为什么要用一个短暂的抒情段落来结束强大的高潮段落，因为他们需要获得拯救，需要在越来越沉重或者越来越激烈的叙述里得到解脱。同时，这高潮之上的高潮，也是对整个叙述的酬谢，就像死对生的酬谢。

一九九九年一月二十六日

否定

　　在欧内斯特·纽曼编辑出版的《回忆录》里，柏辽兹显示了其作家的身份，他在处理语言的节奏和变化时，就像处理音乐一样才华非凡，而且辛辣幽默。正如他认为自己的音乐"变幻莫测"，《回忆录》中的故事也同样如此，他在回忆自己一生的同时，情感的浪漫和想象的夸张，以及对语言叙述的迷恋，使他忍不住重新虚构了自己的一生。在浪漫主义时期音乐家的语言作品中，柏辽兹的《回忆录》可能是最缺少史料价值的一部。这正是他的风格，就是在那部有关管弦乐配器的著作《乐器法》里，柏辽兹仍然尽情地炫耀他华丽的散文风格。

　　《回忆录》中有关莫扎特歌剧的章节，柏辽兹这样写道："我对莫扎特的钦佩并不强烈……"那时候柏辽兹的兴趣在格鲁克和斯蓬蒂尼身上，他承认这是他对《唐璜》和《费加罗的婚礼》的作曲者态度冷淡的原因所在，"此外，还有另外一个更为充足的理由。那就是，莫扎特为唐纳·安娜写的一段很差的音乐使我很吃惊……它出现在第二幕抒情的女高音唱段上，这是一首令人悲痛欲绝的歌曲，其中爱情的诗句是用悲伤和泪水表现的。但是这段歌唱却是用可笑的、不合适的乐句来结束。人们不禁要问，同一个人怎能同时写出两种互不相容的东西呢？唐纳·安娜好像突然把眼泪擦干，变成了一个粗俗滑稽的角色"。接下去柏辽兹言辞激烈地说："我认为要人们去原谅莫扎特这种不可容忍的错误是困难的。我愿流血捐躯，如果这样做可以撕掉那可耻的一页，能够抹洗他作品中其他类似的污点的话。"

这是年轻的柏辽兹在参加巴黎音乐学院入学考试时的想法，当时的柏辽兹"完全被这所知名学院的戏剧音乐吸引了。我应该说这种戏剧是抒情悲剧"。与此同时，在巴黎的意大利歌剧院里，意大利人正用意大利语不断演出着《唐璜》和《费加罗的婚礼》。柏辽兹对意大利人和对位法一向心存偏见，于是祸及莫扎特，"我那时不相信他的戏剧原则，我对他的热情降到零上一度"。这样的情况持续了很多年，直到柏辽兹将音乐学院图书馆里的原谱与歌剧院里意大利人的演出相对照后，柏辽兹才从睡梦里醒来，他发现歌剧院的演出其实是法国式的杂曲，真正的莫扎特躺在图书馆里泛黄的乐谱上，"首先，是那极其优美的四重奏、五重奏以及几部奏鸣曲使我开始崇拜他那天使般的天才。"莫扎特的声誉在柏辽兹这里立刻峰回路转了。有趣的是，柏辽兹对莫扎特的崇拜并没有改变他对那段女高音的看法，他的态度反而更加尖刻，"我甚至用'丢脸的'这个形容词去抨击那段音乐，这也并不过分。"柏辽兹毫不留情地说："莫扎特在此犯了一个艺术史上最醒目的错误，它背离了人的感情、情绪、风雅和良知。"

其实，莫扎特歌剧中乐曲和歌词融合无间的友情在那时已经广获赞扬，虽然这样的友情都是半途建立的，又在半途分道扬镳。这是因为戏剧和音乐都在强调着各自的独立性，音乐完美的原则和戏剧准确的原则在歌剧中经常互相抵触，就像汉斯立克所说的"音乐与歌词永远在侵占对方的权利或做出让步"，汉斯立克有一个很好的比喻，他说："歌剧好比一个立宪政体，永远有两个对等的势力在竞争着。在这个竞争中，艺术家不能不有时让这一个原则获胜，有时让那一个原则获胜。"莫扎特似乎从来就不给另一个原则，也就是戏剧原则获胜的机会，他相信好的音乐可以使人们忘掉最坏的歌词，而相反的情况不会出现。因此莫扎特的音乐在歌剧中经常独立自主地发展着，就是在最复杂的部分，那些终曲部分，取消歌词单听音乐时，音乐仍然是清晰和美丽的。

与莫扎特认为诗应该是音乐顺从的女儿完全不同，格鲁克使音乐隶属到了诗的麾下。这位"一到法国，就与意大利歌剧展开长期斗争"的德国人——这里所说的意大利歌剧是指蒙特威尔第之后150年来变得越来越华而不实和故弄玄虚的歌剧，单凭这一点格鲁克就深得法国人柏辽兹的好感。格鲁克从那个时代虚张声势的歌唱者那里接管了歌剧的主权，就像他的后继者瓦格纳所说的："格鲁克自觉地、信心坚定地表示：表情应和歌词相符，这才是合情合理、合乎需要，咏叹调和宣叙调都是如此……他彻底改变了歌剧中诸因素彼此之间一度所处的位置……歌唱者成为了作曲者目的的代理人。"不过格鲁克没有改变诗人与作曲家的关系，与其他越来越独裁的作曲家不同，格鲁克在诗歌面前总是彬彬有礼，这似乎也是柏辽兹喜爱格鲁克的原因之一。在格鲁克的歌剧里，柏辽兹不会发现莫扎特式的错误，那些乐曲和歌词背道而驰的错误。

这时，有一个疑问出现了，那就是莫扎特的错误是否真实存在。当柏辽兹认为莫扎特为唐纳·安娜所写的那一段音乐是"丢脸"的时候，柏辽兹是否掩盖了音乐叙述中某些否定的原则？或者说他指出了这样的原则，只是他不赞成将这样的原则用在乐曲和歌词关系的处理上，简单地说就是他不赞成作曲家在诗歌面前过于独断专行。事实上，天使般的莫扎特不会看不见那段抒情女高音里的歌词已被泪水浸湿了，然而在歌剧中乐曲时常会得到自己的方向，如同开始泛滥的洪水那样顾不上堤坝的约束了。当莫扎特的音乐骑上了没有缰绳的自由之马时，还有谁能够为他指出方向？只有音乐史上最为纯真的品质和独一无二的天才，也就是莫扎特自己，才有可能去设计那些在马蹄下伸展出去的道路。

于是，莫扎特的乐曲否定了唐纳·安娜唱段中歌词的含意。柏辽兹注意到了，认为是一个错误，而且还是一个"丢脸"的错误。柏辽兹同时代的其他一些人也会注意到，他们没有说什么，也许他们并不认为它是一个错误。那个差不多和勃拉姆斯一样严谨的汉斯立克，似乎更愿意去赞扬莫扎特歌剧中乐曲和歌词的融合无间。这似乎是如何对待叙述作品——音乐作品和语言作品时屡见不鲜的例证，人们常常各执一词，并且互不相让。下面让我们来读一段门德尔松的书信，这是门德尔松聆听了柏辽兹那首变幻莫测、情感泛滥的《幻想交响曲》以后，在罗马写给母亲的信，他在信中写道："您一定听人说起柏辽兹和他的作品。他使我沮丧。他是一位有教养、有文化、可亲的君子，可是乐曲却写得很糟。"

门德尔松对这首标题音乐和里面所暗示的那个阴森的故事没有好感，或者说他不喜欢柏辽兹在交响乐里卖弄文学。虽然如纽曼所说的："所有现代的标题音乐作曲家都以他为基础。"然而当时的门德尔松无法接受他这些"讲故事的音乐"，因为柏辽兹有着拉拢文学打击音乐的嫌疑。而且，"演奏前，他散发了两千份乐曲解说"，这似乎激怒了门德尔松，使他语气更加激烈："我对上述这一切是多么厌恶。看到人们极为珍视的思想被漫画式的手法处理而受到歪曲，遭到贬低，实在令人激愤。"这就是门德尔松对柏辽兹音乐革命的态度。那个反复出现的主题，也就是后来影响了李斯特和瓦格纳的"固定乐思"，在门德尔松眼中，只是"被篡改过的'最后审判日'中的固定低音"而已；当柏辽兹让乐器不再仅仅发出自己的声音，而是将乐器的音和色彩加以混合发出新的声音时，门德尔松这样写道："运用一切可能的管弦乐夸张手段来表现虚假的情感。四面定音鼓、两架钢琴——四手联弹，以此模仿铃声，两架竖琴、许多面大鼓、小提琴分为八个声部，两个声部由低音提琴演奏，这些手段（如果运用得当，我并不反对）用来表现的只是平淡冷漠的胡言乱语，无非是呻吟、呐喊和反复的尖叫而已。"

门德尔松在信的最后这样告诉母亲："当您看到他是怎样敏锐、恰切地评价和认识事物，而对自己本身却茫然不知时，您会感到他是十分可悲的。"就像柏辽兹愿流血捐躯，如果可以撕掉莫扎特音乐中那"可耻的一页"，门德尔松的反应是："我无法用语言表达见到他时我是多么沮丧。我一连两天都未能工作。"

优美精致和旋律悠扬的门德尔松，他所赞成的显然是莫扎特的信念。莫扎特说："音乐……绝不能刺耳，它应该怡情悦性；换句话说，音乐应该永远不失之为音乐。"这位从来不会将旋律写得过长或者过短的门德尔松，站立在与柏辽兹截然相反的方向里，当柏辽兹在暴烈的激情里显示自己的天才时，门德尔松的天才是因为叙述的克制得到展现。就像门德尔松不能忍受柏辽兹作品中的喧哗那样，很多人因为他从来没有在音乐里真正放任过自己而感到沮丧，与他对柏辽兹的沮丧极为相似。这就是音乐，或者说这就是叙述作品开放的品质，赞扬和指责常常同出一处，因此赞扬什么和指责什么不再成为目的，它们仅仅是经过，就像道路的存在并不是为了住下来而是为了经过那样，门德尔松对巴赫的赞美和对柏辽兹的沮丧，其实只是为了表明自己的立场，或者说是对自己音乐的理解和使其合法化的辩护。叙述作品完成后所存在的未完成性和它永远有待于完成的姿态，一方面展现了叙述作品可以不断延伸的丰富性，另一方面也为众说纷纭提供了便利。

事实上，柏辽兹对莫扎特的指责和门德尔松对柏辽兹的沮丧，或多或少地表达出了音乐中某些否定原则的存在。这里所要讨论的否定并不是音乐叙述里的风格和观念之争，虽然这方面的表现显得更为直接和醒目，叙述史的编写——音乐史和文学几乎就是这样构成的。只要回顾一下巴洛克时期、古典主义时期和浪漫主义时期，一直到现代主义时期，那些各个时期显赫的人物和平庸的人物是如何捍卫自己和否定别人的，就会看到音乐史上有关风格和观念的争执其实是没完没了的混战，就像一片树林着火以后祸及了其他的树林，18世纪的战火也同样会蔓延到20世纪。如果以此来完成一部音乐作品的话，这部作品所表达出来的"喧哗与骚动"，将使柏辽兹《幻想交响曲》里的"喧哗与骚动"黯淡无光。

因此，这里所说的否定是指叙述进程中某些突然来到的行为，这些貌似偶然其实很可能是蓄谋已久的行为，或者说是叙述自身的任性和放荡，以及那些让叙述者受宠若惊的突如其来的灵感，使叙述顷刻之间改变了方向。就像一个正在微笑的人突然翻脸似的，莫扎特让乐曲否定了唐纳·安娜的唱词，柏辽兹让传统的交响乐出现了非交响乐的欲望。

穆索尔斯基在给斯塔索夫的信中列举了他所认为的四个巨匠——荷马、莎士比亚、贝多芬和柏辽兹，其他的人都是这四个人的将领和副官，以及无数的追随者，穆索尔斯基在最后写道："他们只能沿着巨匠们划出的狭路蹦蹦跳跳，但是，你如敢于'跑到前面'的话，那将是令人恐惧的！"在这句用惊叹号结束的话里，穆索尔斯基几乎使自己成为了艺术的宿命论者，不过他也确实指出了音乐创作中最大的难题，这样的难题是胆大包天的人和小心谨慎的人都必须面对的，无论是离经叛道的柏辽兹还是循规蹈矩的门德尔松都无法回避。

与此同时，正是这样的难题不断地压迫着叙述者，才使叙述中的否定可以不断地合法出现，让叙述者"跑到前面"，穆索尔斯基指出的"恐惧"同时也成为了诱惑，成为了摆脱叙述压制时的有力武器。尤其是那些才华横溢的年轻人，创作之路的陌生和漫长很容易使他们深陷于叙述的平庸之中，他们需要在下一个经过句里获得崭新的力量，就像阳光拨开了云雾，让正在进行中的叙述不断去经受震动。于是他们就会经常去借助叙述里的否定之手，随便一挥就让前面的叙述像白痴似的失去了方向，叙述被颠倒过来，方向也被重新确立。瓦格纳十七岁时就已经精通此道，在那一年的圣诞之夜，这个标新立异的年轻人以一首《降 B 大调序曲》参加了莱比锡宫廷剧院的演出，他在每隔四小节的乐曲里安插了一阵否定式的最强音鼓声，使圣诞之夜的听众们饱受惊吓。然而在每一次惊吓之后，剧院里出现的都是哄堂大笑。

1924 年，埃尔加在《大英帝国展览》的文章里这样写道："一万七千个敲着槌的人，扩音机、扬声器等——有四架飞机在上空盘旋着等等，全都是令人讨厌的机械东西。没有电视，没有浪漫，欠缺想象……但是，在我脚下我看见了一堆真正的雏菊，我的眼睛不禁为之湿润。"

在这里，埃尔加表达了一个在内心深处展开的叙述，一堆小小的雏菊，它们很不起眼，而且似乎是软弱无援，然而它们突然之间产生了力量，可以将一万七千个槌声，还有扩音机、扬声器和飞机等等全部否定。同时，埃尔加也为存在于叙述中的否定的原则提供了心电图，这是至关重要的，正是那些隐藏在艺术家内心深处的情感和思想，它们像岛屿和礁石散落在大海里那样，散落在内心各处，而且深藏不露，它们等待着叙述之船的经过，让其靠岸，也让其触礁。这几乎是所有伟大的叙述者都要面对的命运，当巴赫为两个合唱队和两个管弦乐队写下《马太受难曲》时，他不断地要让宣叙调的独唱去打断合唱队的对唱。随时插入到原有叙述中的新的叙述，成为了改变方向的否定式叙述，而且时常是它刚刚否定了前面段落的叙述后，紧接着就会轮到自己被新的段落所否定。乐曲在叙述的轮回里死去和再生，作曲家的内心也在经历着一次次如同闪电般短促的人生，或者说他的乐曲成为了他内心经历的录音。几乎是出于同样的理由，纽曼认为柏辽兹的音乐在心理探索这一领域取得了某些奇妙的成就，同时纽曼也指出了这些来源于内心的音乐并不是胡思乱想之作，而是"都具有一种有分寸的客观性……这是按事物的面貌来观察事物，而不是像人们自以为的用推测和空想来补充肉眼的证据"。

在苏菲派教徒充满智慧的言论里，有一段讲述了一个有着博大精深学问的人死后来到了天国的门口，吉祥天使迎了上去，对他说："喂，凡夫俗子，别往前走了，你得先向我证明你有进天堂的资格！"吉祥天使否定了那人前行的脚步，那人的回答是以同样的否定来完成，他说："我要先问问你，你能不能证明这里是真正的天国，而不是我死后昏聩心灵的急切的幻想？"就像音乐叙述中的否定不是为了叙述的倒退恰恰是为了前进一样，语言叙述中突然来到的否定也同样如此，当那个有着博大精深学问的人对眼前的天国深表怀疑时，天国里传出了一个比吉祥天使更加权威的声音："放他进来！他是我们中间的人。"

这段寓意丰富的言论可以不断延伸，或者说在此刻能够成为一个比喻，以此来暗示存在于叙述作品中的否定的命运。就像那位博大精深的学者来到了天国之门，叙述中的否定其实就是为了能够进入叙述的天国。一首《慷慨的敌人》的诗歌，展示了来自一个敌人的祝福。已经完成了对爱尔兰王国全面统治的马格努斯·巴福德，在12世纪的某一夜，也就是他去世的前一夜，弥留之际受到了他的仇敌都柏林王穆尔谢尔达赫的阴险的祝福。这位都柏林王在祝词里使用了最为辉煌的词语，以此来堆积他仇恨的金字塔。这首出自 H. 杰林之手的诗作，短短十来行的叙述里出现了两个截然不同的方向。

都柏林王首先是"愿黄金和风暴与你的军队并肩作战。愿你的战斗在明天，在我王国的疆场上获得好运。愿你的帝王之手编织起可怕的万刃之网。愿那些向你的剑做出反抗的人成为红色天鹅的食物。愿你的众神满足你的光荣，愿他们满足你嗜血的欲望。愿你在黎明获胜，蹂躏爱尔兰的王啊。"随后，这位慷慨的敌人让叙述中真正的方向出现了——

愿所有的日子都比不上明天的光辉。
因为这一天将是末日。我向你发誓，马格努斯王。

因为在它的黎明消逝之前，我要击败你和抹去你，马格
努斯·巴福德。

就像马格努斯王蹂躏了爱尔兰一样，H.杰林也让"因为这一
天将是末日"的诗句蹂躏了"愿黄金和风暴与你的军队并肩作
战……"。突然来到的否定似乎是叙述里最为残忍的时刻，它时
常是在原有的叙述逐渐强大起来时，伸出它的暴君之脚将其践
踏。H.杰林的诗作使人想起海顿著名的玩笑之作《惊愕交响曲》，
这首传说是为了惊醒那些附庸风雅的欣赏音乐的瞌睡者的作品，
其实有着叙述自身的理由。在最温暖的行板进行之中，海顿突然
以投弹之势，爆炸出十六小节石破天惊的最强的击鼓音，令数目
可观的听众在顷刻之间承受了差不多是一生的惊吓。尽管如此，
人们仍然难以忘记这首作品中令人愉悦的音乐——缓慢的序曲，
第一乐章中带着笑意的主题，华尔兹般的小步舞曲和精神抖擞的
旋律。可以这么说，海顿的《惊愕》和H.杰林的诗作共同指出了
叙述中日出的景象和生命的诞生。当十六小节极强的击鼓音在瞬
间否定了温暖的行板之后，当"我要击败你和抹去你"在瞬间
否定了"愿你的战斗在明天，在我王国的疆场上获得好运"之后，
叙述也在瞬间获得了起飞。

一九九九年三月二十三日

灵 感

　　什么是灵感？亚里士多德在《修辞学》里曾经引用了柏里克利的比喻，这位希腊政治家在谈到那些为祖国而在战争中死去的年轻人时，这样说："就像从我们的一年中夺走了春天。"是什么原因让伯里克利将被夺走的春天和死去的年轻人重叠到一起？古典主义的答案很单纯，他们认为这是神的意旨。这个推脱责任的答案似乎是有关灵感的最好解释，因为它无法被证明，同时也很难被驳倒。

　　柏拉图所作《伊安篇》可能是上述答案的来源，即便不能说是最早的，也可以说它是最完整的来源。能说会道的苏格拉底在家中接待了远道而来的吟诵诗人伊安，然后就有了关于灵感的传说。受人宠爱的伊安是荷马史诗最好的吟诵者，他带着两个固执的想法来见苏格拉底，他认为自己能够完美地吟诵荷马的作品，

　　　　　　　　　　　　　　　　　　　　　　　　　| 余华作品

而不能很好地吟诵赫西尔德和阿岂罗库斯的作品，其原因首先是荷马的作品远远高于另两位诗人的作品，其次就是他自己吟诵的技艺。苏格拉底和伊安的对话是一次逻辑学上著名的战役，前者不断设置陷阱，后者不断掉入陷阱。最后苏格拉底让伊安相信了他之所以能够完美地吟诵荷马的作品，不是出于技艺，也不是荷马高于其他诗人，而是因为灵感的作用，也就是有一种神力在驱使着他。可怜的伊安说："我现在好像明白了大诗人们都是灵感的神的代言人。"苏格拉底进一步说："而你们吟诵诗人又是诗人的代言人。"于是，伊安没有了自己的想法，他带着苏格拉底的想法回家了。

理查·施特劳斯的父亲经常对他说："莫扎特活到三十六岁为止所创作的作品，即使在今天请最好的抄写员来抄，也难以在同样的时间里把这些作品抄完。"是什么原因让那位乐师的儿子在短短一生中写出了如此大量的作品？理查·施特劳斯心想："他一定被天使手中的飞笔提示和促成的——正像费兹纳的歌剧《帕列斯特里那》第一幕最后一景中所描绘的那样。"在其他作曲家草稿本中所看到的修改的习惯，在莫扎特那里是找不到的。于是，理查·施特劳斯只能去求助古典主义的现成答案，他说："莫扎特所写的作品几乎全部来自灵感。"

莫扎特是令人羡慕的，当灵感来到他心中时似乎已经是完美的作品，而不是点点滴滴的启示，仿佛他手中握有天使之笔，只要墨水还在流淌，灵感就会仍然飞翔。理查·施特劳斯一直惊讶于古典主义作曲家源源不断的创作灵感，在海顿、贝多芬和舒伯特身上，同样显示出了惊人的写作速度和数量。"他们的旋律是如此的众多，旋律本身是这样的新颖，这样的富有独创性，同时又各具特点而不同。"而且，在他们那里"要判断初次出现灵感和它的继续部分以及它发展成为完整的、扩展的歌唱性乐句之间的关系是困难的。"也就是说，理查·施特劳斯无法从他们的作品中分析出灵感与写作的持续部分是如何连接的。一句话，理查·施特劳斯没有自己的答案，他就像一个不会言说的孩子那样只能打着手势。

对歌德来说，"我在内心得到的感受，比我主动的想象力所提供的，在千百个方面都要更富于美感，更为有力，更加美好，更为绚丽。"内心的感受从何而来？歌德暗示了那是神给予他的力量。不仅仅是歌德，几乎所有的艺术家在面对灵感时，都不约而同地将自己下降到奴仆的位置，他们的谦卑令人感到他们的成就似乎来自某种幸运，灵感对他们宠爱的幸运。而一个艺术家的修养、技巧和洞察力，对他们意味着——用歌德话说："只不过使我内心的观察和感受艺术性地成熟起来，并给它复制出生动的作品。"然后，歌德说出了那句著名的话，"我把我的一切努力和成就都看作是象征性的。"是灵感或者是神的意旨的象征。

当灵感来到理查·施特劳斯身上时，是这样的："我感到一个动机或2到4小节的旋律乐句是突然进入我的脑海的，我把它记在纸上，并立即把它发展成8小节、16小节或32小节的乐句。它当然不是一成不变，而是经过或长或短的'陈放'之后，通过逐步的修改，成为经得起自己对它的最严厉审核的最终形式。"而且"作品进展的速度主要取决于想象力何时能对我做进一步的启示"。对理查·施特劳斯来说，灵感来到时的精神活动不仅仅和天生的才能有关，也和自我要求和自我成长有关。

这里显示了灵感来到时两种不同的命运。在莫扎特和索福克勒斯那里，灵感仿佛是夜空的星辰一样繁多，并且以源源不断的方式降临，就像那些不知疲倦的潮汐，永无休止地拍打着礁石之岸和沙滩之岸。而在理查·施特劳斯这些后来的艺术家那里，灵感似乎是沙漠里偶然出现的绿洲，来到之后还要经历一个"陈放"的岁月，而且在这或长或短的"陈放"结束以后，灵感是否已经成熟还需要想象力进一步的启示。

理查·施特劳斯问自己："究竟什么是灵感？"他的回答是："一次音乐的灵感被视为一个动机，一支旋律；我突然受到'激发'，不受理性指使地把它表达出来。"理查·施特劳斯在对灵感进行"陈放"和在等待想象力进一步启示时，其实已经隐含了来自理性的判断和感悟。事实上，在柏辽兹和理查·施特劳斯这些热衷于标题音乐的作曲家那里，理性或明或暗地成为了他们叙述时对方向的选择。只有在古典主义的艺术家那里，尤其是在莫扎特那里，理性才是难以捉摸的。这就是为什么人们总喜欢认为莫扎特是天使的理由，因为他和灵感之间的亲密关系是独一无二的。尽管在接受灵感来到的方式上有着不同的经历，理查·施特劳斯在面对灵感本身时和古典主义没有分歧，他否定了理性的指使，而强调了突然受到的"激发"。

柴可夫斯基在给梅克夫人的信中，指责了有些人认为音乐创作是一项冷漠和理性的工作，他告诉梅克夫人"您别相信他们的话"，他说："只有从艺术家受灵感所激发的精神深处流露出来的音乐才能感动、震动和触动人。"柴可夫斯基同样强调了灵感来到时的唯一方式——激发。在信中，柴可夫斯基仔细地描述了灵感来到时的美妙情景，他说："忘掉了一切，像疯狂似的，内心在战栗，匆忙地写下草稿，一个乐思紧追着另一个乐思。"

这时候的柴可夫斯基"我满心的无比愉快是难以用语言向您形容的"，可是接下去倒霉的事发生了，"有时在这种神奇的过程中，突然出现了外来的冲击，使人从这种梦游的意境中觉醒。有人按门铃，仆人进来了，钟响了，想起应该办什么事了。"柴可夫斯基认为这样的中断是令人难受的，因为中断使灵感离去了，当艺术家的工作在中断后继续时，就需要重新寻找灵感，这时候往往是无法唤回飞走的灵感。为什么在那些最伟大的作曲家的作品中常常可以看到缺乏有机的联系之处？为什么他们写下了出现漏洞、整体中的局部勉强粘合在一起的作品？柴可夫斯基的看法是：在灵感离去之后这些作曲家凭借着技巧还在工作，"一种十分冷漠的、理性的、技术的工作过程来提供支持了"。柴可夫斯基让梅克夫人相信，对艺术家来说，灵感必须在他们的精神状态中不断持续，否则艺术家一天也活不下去。如果没有灵感，那么"弦将绷断，乐器将成为碎片"。

柴可夫斯基将灵感来到后的状态比喻为梦游，理查·施特劳斯认为很多灵感是在梦中产生的，为此他引用了《名歌手》中沙赫斯的话——"人的最真实的幻想是在梦中对我们揭示的。"他问自己："我的想象是否在夜晚独自地、不自觉地、不受'回忆'束缚地活动着？"与此同时，理查·施特劳斯相信生理的因素有时候也起到了某些决定性的作用，他说："我在晚间如遇到创作上的难题，并且百思不得其解时，我就关上我的钢琴和草稿本，上床入睡。当我醒来时，难题解决了，进展顺利。"

理查·施特劳斯将灵感视为"新的、动人的、激发兴趣的、深入灵魂深处的、前所未有的东西"，因此必须要有一副好身体才能承受它们源源不断地降临。他的朋友马勒在谈到自己创作《第二交响曲》的体会时，补充了一个重要的环节，那就是某些具有了特定气氛的场景帮助促成了艺术家和灵感的美妙约会。当时的马勒雄心勃勃，他一直盘算着将合唱用在《第二交响曲》的最后一个乐章，可是他又顾虑重重，他担心别人会认为他是在对贝多芬的表面模仿，"所以我一次又一次地裹足不前"，这时他的朋友布罗去世了，他出席了布罗的追悼会。当他坐在肃然和沉静的追悼会中时，他发现自己的心情正好是那部已经深思熟虑的作品所要表达的精神。这仅仅是开始，命运里隐藏的巧合正在将马勒推向激情之岸，如同箭在弦上一样，然后最重要的时刻出现了——合唱队从风琴楼厢中唱出克洛普斯托克的圣咏曲《复活》，马勒仿佛受到闪电一击似的，灵感来到了。"顿时，我心中的一切显得清晰、明确！创造者等待的就是这种闪现，这就是'神圣的构思'。"

马勒在给他的朋友安东·西德尔的信中，解释了灵感对于艺术家的重要性。在他看来，要让艺术家说清自己的性格是什么，自己的目标是什么是十分困难的。"他像个梦游者似的向他的目标蹒跚地走去——他不知道他走的是哪条路（也许是一条绕过使人目眩的深渊的路），但是他向远处的光亮走去，不论它是不朽的星光，还是诱人的鬼火。"马勒说出了一个重要的事实，那就是艺术家永远都无法知道自己走的是哪条路，如果他们有勇气一直往前走的话，他们必将是灵感的信徒。就像远处的光亮一样，指引着他们前行的灵感是星光还是鬼火其实不重要，重要的是这灵感之光会使艺术家"心中的一切显得清晰、明确"。与此同时，灵感也带来了自信，使那些在别人的阴影里顾虑重重和裹足不前的人看到了自己的阳光。这样的阳光帮助马勒驱散了贝多芬的阴影，然后，他的叙述之路开始明亮和宽广了。

与理查·施特劳斯一样，马勒认为对一个构思进行"陈放"是必要的。他告诉安东·西德尔，正是在构思已经深思熟虑之后，布罗追悼会上突然出现的灵感才会如此迅猛地冲击他。"如果我那时心中尚未出现这部作品的话，我怎么会有那种感受？所以这部作品一定是一直伴随着我。只有当我有这种感受时我才创作；我创作时，我才有这样的感受。"

在加西亚·马尔克斯这里，"陈放"就是"丢弃"。他在和门多萨的对话《番石榴飘香》中这样说："如果一个题材经不起多年的丢弃，我是决不会有兴趣的。"他声称《百年孤独》想了十五年，《家长的没落》想了十六年，而那部只有一百页的《一桩事先张扬的凶杀案》想了三十年。马尔克斯认为自己之所以能够瓜熟蒂落地将这些作品写出来，唯一的理由就是那些想法经受住了岁月的考验。

对待一个叙述构想就像是对待婚姻一样需要深思熟虑。在这方面，马尔克斯和马勒不谋而合。海明威和他们有所不同，虽然海明威也同意对一个题材进行"陈放"是必要的，他反对仓促动笔，可是他认为不能搁置太久。过久的搁置会丧失叙述者的激情，最终会使美妙的构思沦落为遗忘之物。然而，马尔克斯和马勒似乎从不为此操心，就像他们从不担心自己的妻子是否会与人私奔，他们相信自己的构想会和自己的妻子一样忠实可靠。在对一个构想进行长期的陈放或者丢弃之时，马尔克斯和马勒并没有袖手旁观，他们一直在等待，确切地说是在寻找理查·施特劳斯所说的"激发"，也就是灵感突出的出现。如同马勒在布罗追悼会上的遭遇，在对《百年孤独》的构想丢弃了十五年以后，有一天，当马尔克斯带着妻子和儿子开车去阿卡普尔科旅行时，他脑中突然出现了一段叙述——"多年之后，面对枪决行刑队，雷奥良诺·布恩地亚上校将会想起，他父亲带他去见识冰块的那个遥远的下午。"

于是，旅行在中途结束了，《百年孤独》的写作开始了。这情景有点像奥克塔维奥·帕斯所说的，灵感来到时"词语不待我们呼唤就自我呈现出来"。帕斯将这样的时刻称为"灵光一闪"，然后他从另一个角度解释了什么是灵感，他说："灵感就是文学经验本身。"与歌德不同的是，帕斯强调了艺术家自身的修养、技巧和洞察力的重要性，同时他也为"陈放"或者"丢弃"的必要性提供了支持。在帕斯看来，正是这些因素首先构成了河床，然后灵感之水才得以永不间断地流淌和荡漾；而且"文学经验本身"也创造了艺术家的个性，帕斯认为艺术家与众不同的独特品质来源于灵感，正是因为"经验"的不同，所获得的灵感也不相同。他说："什么叫灵感？我不知道。但我知道，正是那种东西使鲁文·达里奥的一行十一音节诗有别于贡戈拉，也有别于克维多。"

加西亚·马尔克斯对灵感的解释走向了写作的现实，或者说他走向了苏格拉底的反面，他对门多萨说："灵感这个词已经给浪漫主义作家搞得声名狼藉了。我认为，灵感既不是一种才能，也不是一种天赋，而是作家坚韧不拔的精神和精湛的技巧为他们所努力要表达的主题做出的一种和解。"马尔克斯想说的似乎是歌德那句著名的格言——天才即勤奋，但是他并不认为自己的成就是象征性的，他将灵感解释为令他着迷的工作。"当一个人想写点东西的时候，那么这个人和他要表达的主题之间就会产生一种互相制约的紧张关系，因为写作的人要设法探究主题，而主题则力图设置种种障碍。有时候，一切障碍会一扫而光，一切矛盾会迎刃而解，会发生过去梦想不到的事情。这时候，你才会感到，写作是人生最美好的事情。"然后，写作者才会明白什么是灵感。他补充道，"这就是我所认为的灵感。"

我手头的资料表示了两个不同的事实，古典主义对灵感的解释使艺术创作显得单纯和宁静，而理查·施特劳斯之后的解释使创作活动变得令人望而生畏。然而无论哪一种解释都不是唯一的声音，当古典主义认为灵感就是神的意旨时，思想的权威蒙田表示"必须审慎看待神的意旨"，因为"谁人能知上帝的意图，谁人能想象天主的意旨"。蒙田以他一贯的幽默说:"太阳愿意投射给我们多少阳光,我们就接受多少。谁要是为了让自己身上多受阳光而抬起眼睛,他的自以为是就要受到惩罚。"同样的道理,那些敢于解释灵感的后来者,在他们的解释结束之后,也会出现和帕斯相类似的担忧,帕斯在完成他的解释工作后声明:"像所有的人一样,我的答案也是暂时性的。"

从苏格拉底到马尔克斯,有关灵感解释的历史,似乎只是为了表明创作越来越艰难的历史。而究竟什么是灵感,回答的声音永远在变奏着。如果有人告诉我:"人们所以要解释灵感,并不是他们知道灵感,而是他们不知道。"我不会奇怪。

一九九九年七月十八日

色彩

　　"我记得有一次和里姆斯基·科萨柯夫、斯克里亚宾坐在'和平咖啡馆'的一张小桌子旁讨论问题。"拉赫玛尼诺夫在《回忆录》里记录了这样一件往事——这位来自莫斯科乐派的成员与来自圣彼得堡派"五人团"的里姆斯基·科萨柯夫有着亲密的关系，尽管他们各自所处的乐派几乎永远是对立的，然而人世间的友谊和音乐上的才华时常会取消对立双方的疆界，使他们坐到了一起。虽然在拉赫玛尼诺夫情绪开朗的回忆录里无论确知他们是否经常相聚，我想聚会的次数也不会太少。这一次他们坐到一起时，斯克里亚宾也参加了进来。

　　话题就是从斯克里亚宾开始的，这位后来的俄罗斯"印象派"刚刚有了一个新发现，正试图在乐音和太阳光谱之间建立某些关系，并且已经在自己构思的一部大型交响乐里设计这一层关系了。斯克里亚宾声称自己今后的作品应该拥有鲜明的色彩，让光与色和音乐的变化配合起来，而且还要在总谱上用一种特殊的系统标上光与色的价值。

习惯了在阴郁和神秘的气氛里创造音符的拉赫玛尼诺夫，对斯克里亚宾的想法是否可行深表怀疑，令他吃惊的是里姆斯基·科萨柯夫居然同意这样的说法，这两个人都认为音乐调性和色彩有联系，拉赫玛尼诺夫和他们展开了激烈的争论。就像其他场合的争论，只要有三个人参与的争论，分歧就不会停留在两方。里姆斯基·科萨柯夫和斯克里亚宾在原则上取得一致后，又在音与色的对等接触点上分道扬镳。里姆斯基·科萨柯夫认为降 E 大调是蓝色的，斯克里亚宾则一口咬定是紫红色的。他们之间的分歧让拉赫玛尼诺夫十分高兴，这等于是在证明拉赫玛尼诺夫是正确的。可是好景不长，这两个人随即在其他调性上看法一致了，他们都认为 D 大调是金棕色的。里姆斯基·科萨柯夫突然转过身去，大声告诉拉赫玛尼诺夫："我要用你自己的作品来证明我们是正确的。例如，你的《吝啬的骑士》中的一段：老男爵打开他的珠宝箱，金银珠宝在火光的照耀下闪闪发光，对不对？"

拉赫玛尼诺夫不得不承认，那一段音乐确实是写在 D 大调里的。里姆斯基·科萨柯夫为拉赫玛尼诺夫寻找的理由是："你的直觉使你下意识地遵循了这些规律。"拉赫玛尼诺夫想起来里姆斯基·科萨柯夫的歌剧《萨特阔》里的一个场景：群众在萨特阔的指挥下从伊尔曼湖中拖起一大网金色的鱼时，立即爆发了欢乐的喊叫声："金子！金子！"这个喊叫声同样也是写在 D 大调里。拉赫玛尼诺夫最后写道："我不能让他们不带着胜利者的姿态离开咖啡馆，他们相信已经彻底地把我驳倒了。"

从《回忆录》来看，拉赫玛尼诺夫是一个愉快的人，可是他的音乐是阴郁的。这是很多艺术家共有的特征，人的风格与作品的风格常常对立起来。显然，艺术家不愿意对自己口袋里已经拥有的东西津津乐道，对艺术的追求其实也是对人生的追求，当然这一次是对完全陌生的人生的追求，因为艺术家需要虚构的事物来填充现实世界里过多的空白。毕加索的解释是艺术家有着天生的预感，当他们心情愉快的时候，他们就会预感到悲伤的来临，于是提前在作品中表达出来；反过来，当他们悲伤的时候，他们的作品便会预告苦尽甜来的欢乐。拉赫玛尼诺夫两者兼而有之，《回忆录》显示，拉赫玛尼诺夫愉快的人生之路是稳定和可靠的，因此他作品中阴郁的情绪也获得了同样的稳定，成为了贯穿他一生创作的基调。我们十分轻易地从他作品中感受到俄罗斯草原辽阔的气息，不过他的辽阔草原始终是灰蒙蒙的。他知道自己作品中缺少鲜明的色彩，或者说是缺少色彩的变化。为此，他尊重里姆斯基·科萨柯夫，他说："我将永远不会忘记里姆斯基·科萨柯夫对我的作品所给予的批评。"

他指的是《春天》康塔塔。里姆斯基·科萨柯夫认为他的音乐写得很好，可是乐队里没有出现"春天"的气息。拉赫玛尼诺夫感到这是一针见血的批评，很多年以后，他仍然想把《春天》康塔塔的配器全部修改。他这样赞扬他的朋友："在里姆斯基·科萨柯夫的作品里，人们对他的音乐想要表达的'气象的'情景从无丝毫怀疑。如果是一场暴风雪，雪花似乎从木管和小提琴的音孔中飞舞地飘落而出；阳光高照时，所有的乐器都发出炫目的光辉；描写流水时，浪花潺潺地在乐队中四处溅泼，而这种效果不是用廉价的竖琴刮奏制造出来的；描写天空闪烁着星光的冬夜时，音响清凉，透明如镜。"

拉赫玛尼诺夫对自己深感不满，他说："我过去写作时，完全不理解——我不知道怎么说才好……乐队音响和——气象学之间的关系。"在他看来，里姆斯基·科萨柯夫的作品世界里有一个预报准确的气象站，而在他自己的作品世界里，连一个经常出错的气象站都没有。这是令他深感不安的原因所在。问题是拉赫玛尼诺夫作品中灰蒙蒙的气候是持久不变的，那里不需要任何来自气象方面的预报。就像没有人认为有必要在自己的梦境中设立一个气象站，拉赫玛尼诺夫作品的世界其实就是梦的世界，在欢乐和痛苦的情感的背景上，拉赫玛尼诺夫的色彩都是相同的，如同在梦中无论是悲是喜，色彩总是阴郁的那样。拉赫玛尼诺夫作品里长时间不变的灰蒙蒙，确实给人以色彩单一的印象，不过同时也让人们注意到了他那稳定的灰蒙蒙的颜色其实无限深远，就像辽阔的草原和更加辽阔的天空一样向前延伸的。这也是为什么人们会在拉赫玛尼诺夫的音乐中始终感受到神秘的气氛在弥漫。

另一个例子来自他们的俄罗斯同胞瓦西里·康定斯基。对康定斯基而言，几乎每一种色彩都能够在音乐中找到相对应的乐器，他认为："蓝色是典型的天堂色彩，它所唤起的最基本的感觉是宁静。当它几乎成为黑色时，它会发出一种仿佛是非人类所有的悲哀。当它趋向白色时，它对人的感染力就会变弱。"因此他断言，淡蓝色是长笛，深蓝色是大提琴，更深的蓝色是雷鸣般的双管巴松，最深的蓝色是管风琴。当蓝色和黄色均匀调和成为绿色时，康定斯基继承了印象派的成果，他感到绿色有着特有的镇定和平静，可是当它一旦在黄色或者蓝色里占优势时，就会带来相应的活力，从而改变内在的感染力，所以他把小提琴给了绿色，他说："纯粹的绿色是小提琴以平静而偏中的调子来表现的。"而红色有着无法约束的生气，虽然它没有黄色放肆的感染效果，然而它是成熟的和充满强度的。康定斯基感到淡暖红色和适中的黄色有着类似的效果，都给人以有力、热情、果断和凯旋的感觉，"在音乐里，它是喇叭的声音。"朱红是感觉锋利的红色，它是靠蓝色来冷却的，但是不能用黑色去加深，因为黑色会压制光芒。康定斯基说："朱红听起来就像大喇叭的声音，或雷鸣般的鼓声。"紫色是一个被冷化了的红色，所以它是悲哀和痛苦的，"在音乐里，它是英国号或木制乐器（如巴松）的深沉调子。"

康定斯基喜欢引用德拉克洛瓦的话，德拉克洛瓦说："每个人都知道，黄色、橙色和红色给人欢快和充裕的感觉。"歌德曾经提到一个法国人的例子，这个法国人由于夫人将室内家具的颜色从蓝色改变成深红色，他对夫人谈话的声调也改变了。还有一个例子来自马塞尔·普鲁斯特，当他下榻在旅途的某一个客栈时，由于房间是海洋的颜色，就使他在远离海洋时仍然感到空气里充满了盐味。

康定斯基相信色彩有一种直接影响心灵的力量，他说："色彩的和谐必须依赖于与人的心灵相应的振动，这是内心需要的指导原则之一。"康定斯基所说的"内心需要"，不仅仅是指内心世界的冲动和渴望，也包含了实际表达的意义。与此同时，康定斯基认为音乐对于心灵也有着同样直接的作用。为此，他借用了莎士比亚《威尼斯商人》中的诗句，断然认为那些灵魂没有音乐的人，那些听了甜蜜和谐的音乐而不动情的人，都是些为非作歹和使奸弄诈的人。在康定斯基看来，心灵就像是一个容器，绘画和音乐在这里相遇后出现了类似化学反应的活动，当它们互相包容之后就会出现新的和谐。或者说对心灵而言，色彩和音响其实没有区别，它们都是内心情感延伸时需要的道路，而且是同一条道路。在这方面，斯克里亚宾和康定斯基显然是一致的，不同的是前者从绘画出发，后者是从音乐出发。

斯克里亚宾比里姆斯基·科萨柯夫走得更远，他不是通过配器，或者说是通过管弦乐法方面的造诣来表明音乐中的色彩，他的努力是为了在精神上更进一步平衡声与色的关系。在1911年莫斯科出版的《音乐》杂志第九期上，斯克里亚宾发表了有关这方面的图表，他认为这是为他的理论提供令人信服的证据。在此之前，另一位俄罗斯人 A. 萨夏尔金·文科瓦斯基女士也发表了她的研究成果，也是一份图表，她的研究表明："通过大自然的色彩来描述声音，通过大自然的声音来描述色彩，使色彩能耳听，声音能目见。"俄罗斯人的好奇心使他们在此领域乐此不疲，康定斯基是一个例子，斯克里亚宾是另一个例子，这是两个对等起来的例子。康定斯基认为音乐与绘画之间存在着一种深刻的关系，为此他借助了歌德的力量，歌德曾经说过绘画必须将这种关系视为它的根本。康定斯基这样做了，所以他感到自己的作品表明了"绘画在今天所处的位置"。如果说斯克里亚宾想让他的乐队演奏绘画，那么瓦西里·康定斯基一直就是在画音乐。

　　长期在巴黎蒙特马特的一家酒吧里弹钢琴的萨蒂，认为自己堵住了就要淹没法国音乐思想和作品的瓦格纳洪流，他曾经对德彪西说："法国人一定不要卷入瓦格纳的音乐冒险活动中去，那不是我们民族的抱负。"虽然在别人看来，他对同时代的德彪西和拉威尔的影响被夸大了，"被萨蒂自己夸大了"，不过他确实是印象派音乐的前驱。他认为他的道路，也是印象派音乐的道路开始于印象派绘画。萨蒂说："我们为什么不能用已由莫奈、塞尚、土鲁斯·劳特累克和其他画家所创造出的，并为人们熟知的方法。我们为什么不能把这些方法移用在音乐上？没有比这更容易的了。"

　　萨蒂自己这么做了，拉威尔和德彪西也这么做了，做得最复杂的是拉威尔，做得最有名的可能是德彪西。法国人优雅的品质使他们在处理和声时比俄罗斯人细腻，于是德彪西音响中的色彩也比斯克里亚宾更加丰富与柔美，就像大西洋黄昏的景色，天空色彩的层次如同海上一层层的波涛。勋伯格在《用十二音作曲》中这样写道："他（德彪西）的和声没有结构意义，往往只用作色彩目的，来表达情绪和画面。情绪和画面虽然是非音乐的，但也成为结构要素，并入到音乐功能中去。"将莫奈和塞尚的方法移用到音乐上，其手段就是勋伯格所说的，将非音乐的画面作为结构要素并入到音乐功能之中。

有一个问题是，萨蒂他们是否真的堵住了瓦格纳洪流？虽然他们都是浪漫主义的反对者和印象主义的拥护者，然而他们都是聪明人，他们都感受到了瓦格纳音乐的力量，这也是他们深感不安的原因所在。萨蒂说："我完全不反对瓦格纳，但我们应该有我们自己的音乐——如果可能的话，不要任何'酸菜'。"萨蒂所说的酸菜，是一种德国人喜欢吃的菜。由此可见，印象主义者的抵抗运动首先是出于民族自尊，然后才是为了音乐。事实上瓦格纳的影响力是无敌的，这一点谁都知道，萨蒂、拉威尔和德彪西他们也是心里明白的。这就是艺术的有趣之处，强大的影响力不一定来自学习和模仿，有时候恰恰产生在激烈的反对和抵抗之中。因此，勋伯格作为局外人，他的话也就更加可信，他说："理查·瓦格纳的和声，在和声逻辑和结构力量方面促进了变化。变化的后果之一就是所谓和声的印象主义用法，特别是德彪西在这方面的实践。"

热衷于创作优美的杂耍剧场的民谣的萨蒂，如何能够真正理解宽广激昂的瓦格纳？对萨蒂而言，瓦格纳差不多是音乐里的梅菲斯特，是疯狂和恐怖的象征，当他的音乐越过边境来到巴黎的时候，也就是洪水猛兽来了。凡·高能够真正理解瓦格纳，他在写给姐姐耶米娜的信中说道："加强所有的色彩能够再次获得宁静与和谐。"显然，这是萨蒂这样的人所无法想象的，对他们来说，宁静与和谐往往意味着低调子的优美，当所有的色彩加强到近似于疯狂的对比时，他们的眼睛就会被色盲困扰，看不见和谐，更看不见宁静。然而，这却是瓦格纳和凡·高他们的乐园。凡·高为此向他的姐姐解释道："大自然中存在着类似瓦格纳的音乐的东西。"他继续说，"尽管这种音乐是用庞大的交响乐器来演奏的，但它依然使人感到亲切。"在凡·高看来，瓦格纳音乐中的色彩比阳光更加热烈和丰富，同时它们又是真正的宁静与和谐，而且是印象主义音乐难以达到的宁静与和谐。在这里，凡·高表达了与康定斯基类似的想法，那就是"色彩的和谐必须依赖于与人的心灵相应的振动"。于是可以这么说，当色彩来到艺术作品中时，无论是音乐还是绘画，都会成为内心的表达，而不是色彩自身的还原，也就是说它们所表达的是河床的颜色，不是河水的颜色，不过河床的颜色直接影响了河水的颜色。

康定斯基认为每一个颜色都可以是既暖又冷的，但是哪一个颜色的冷暖对立都比不上红色这样强烈。而且，不管其能量和强度有多大，红色"只把自身烧红，达到一种雄壮的成熟程度，并不向外放射许多活力"。康定斯基说，它是"一种冷酷地燃烧着的激情，存在于自身中的一种结实的力量"。在此之前，歌德已经在纯红中看到了一种高度的庄严和肃穆，而且他认为红色把所有其他的颜色都统一在自身之中。

尤瑟纳尔在她有关东方的一组故事里，有一篇充满了法国情调的中国故事《王佛脱险记》。王佛是一位奇妙的画师，他和弟子林浪游在汉代的道路上，他们行囊轻便，尤瑟纳尔的解释是"因为王佛爱的是物体的形象而不是物体本身"。林出身豪门，娇生

惯养的生活使他成为了一个胆小的人，他的父母为他找到了一个
"娇弱似芦苇、稚嫩如乳汁、甜得像口水、咸得似眼泪"的妻
子，然后谨慎知趣的父母双双弃世了。林与妻子恩爱地生活在朱
红色的庭院里，直到有一天林和王佛在一家小酒店相遇后，林感
到王佛"送给了他一颗全新的灵魂和一种全新的感觉"，林将王
佛带到家中，从此迷恋于画中的景色，而对人间的景色逐渐视而
不见。他的妻子"自从林爱王佛为她作的画像胜过爱她本人以来，她
的形容就日渐枯槁"，于是她自缢身亡，尤瑟纳尔此刻的描述
十分精美："一天早晨，人们发现她吊死在正开着粉红色花
朵的梅树枝上，用来自缢的带子的结尾和她的长发交织在一起
在空中飘荡，她显得比平常更为苗条。"林为了替他的老师购买
从西域运来的一罐又一罐紫色颜料，耗尽了家产，然后师徒两人
开始了漂泊流浪的生涯。林沿门乞食来供奉师傅，他"背着一个装
满了画稿的口袋，弓腰曲背，毕恭毕敬，好像他背上负着的就是
整个苍穹，因为在他看来，这只口袋里装满了白雪皑皑的山峰、春
水滔滔的江河和月光皎皎的夏夜"。后来，他们被天子的士兵抓到
了宫殿之上，尤瑟纳尔的故事继续着不可思议的旅程，这位汉王
朝的天子从小被幽闭在庭院之中，在挂满王佛画作的屋子里长大，
然后他发现人世间的景色远远不如王佛画中的景色，他愤怒地对王
佛说："汉王国并不是所有王国中最美的国家，孤也并非至高无上
的皇帝。最值得统治的帝国只有一个，那就是你王老头通过成千
的曲线和上万的颜色所进入的王国。只有你悠然自得地统治着
那些覆盖着皑皑白雪终年不化的高山和那些遍地盛开着永不凋

谢的水仙花的田野。"为此,天子说:"寡人决定让人烧瞎你的眼睛,既然你王佛的眼睛是让你进入你的王国的两扇神奇的大门。寡人还决定让人砍掉你的双手,既然你王佛的两只手是领你到达你那王国的心脏的,有着十条岔路的两条大道。"王佛的弟子林一听完皇帝的判决,就从腰间拔出一把缺了口的刀子扑向皇帝,于是林命运的结局是被士兵砍下了脑袋。接下去,皇帝命令王佛将他过去的一幅半成品画完,当两个太监把王佛勾有大海和蓝天形象、尚未画完的画稿拿出来后,王佛微笑了,"因为这小小的画稿使他想起了自己的青春",里面清新的意境是他后来再也无法企及的。王佛在那未画完的大海上抹上了大片大片代表海水的蓝颜色,又在海面补上一些小小的波纹,加深了大海的宁静感。这时候奇怪的事出现了,宫廷玉石的地面潮湿了起来,然后海水涌上来了,"朝臣们在深齐肩头的大水中慑于礼仪不敢动弹……最后大水终于涨到了皇帝的心口。"一叶扁舟在王佛的笔下逐渐变大,接着远处传来了有节奏的荡桨声,来到近前,王佛看到弟子林站在船上,林将师傅扶上了船,对师傅说:"大海真美,海风和煦,海鸟正在筑巢。师傅,我们动身吧,到大海彼岸的那个地方去!"于是王佛掌舵,林俯身划桨。桨声响彻大殿,小船渐渐远去。殿堂上的潮水也退走了,大臣们的朝服全都干了,只有皇帝大衣的流苏上还留着几朵浪花。王佛完成的那幅画靠着帷幔放在那里,一只小船占去了整个近景,逐渐远去后,消失在画中的大海深处。

尤瑟纳尔在这篇令人想入非非的故事里,有关血,也就是红色的描述说得上是出神入化。当弟子林不想让自己被杀时流出的血弄脏王佛的袍子，纵身一跳后，一个卫兵举起了大刀，林的脑袋从他的脖子上掉了下来，这时尤瑟纳尔写道："就好像一朵断了枝的鲜花。"王佛虽然悲痛欲绝，尤瑟纳尔却让他情不自禁地欣赏起留在玉石地面上的"美丽的猩红的血迹来了"。尤瑟纳尔的描述如同康定斯基对红色所下的断言，"一种冷酷燃烧着的激情"。此刻，有关血的描述并没有结束。当王佛站在大殿之上，完成他年轻时的杰作时，林站在了王佛逐渐画出来的船上，林在王佛的画中起死回生是尤瑟纳尔的神来之笔，最重要的是尤瑟纳尔在林的脖子和脑袋分离后重新组合时增加的道具，她这样写："他的脖子上却围着一条奇怪的红色围巾。"这令人赞叹的一笔使林的复活惊心动魄，也使林的生前和死后复生之间出现了差异，于是叙述更加有力和合理。同时，这也是尤瑟纳尔叙述中红色的变奏，而且是进入高潮段落之后的变奏。如同美丽的音符正在飘逝，当王佛和林的小船在画中的海面上远去，当人们已经不能辨认这师徒两人的面目时，人们却仍然可以看清林脖子上的红色围巾，变奏最后一次出现时成为了优美无比的抒情。这一次，尤瑟纳尔让那象征着血迹的红色围巾与王佛的胡须飘拂到了一起。

　　或许是赞同歌德所说的"红色把所有其他的颜色都统一在自身之中"，红色成为很多作家叙述时乐意表达的色彩。我们来看看马拉美是如何恭维女士的，他在给女友梅丽的一首诗中写道："冷艳玫瑰生机盎然／千枝一色芳姿翩翩。"千枝一色的女性的形象是多么灿烂，而马拉美又给予了她冷艳的基调，使她成为"冷酷燃烧着的激情"。他的另一首诗更为彻底，当然他献给了另一位女士，他写道："每朵花梦想着雅丽丝夫人／会嗅到它们花盅的幽芳。"没有比这样的恭维更能打动女性的芳心了，这是"千枝一色"都无法相比的。将女性比喻成鲜花已经是殷勤之词，而让每一朵鲜花都去梦想着某一位女性，这样的叙述还不令人陶醉？马拉美似乎证实了一个道理，一个男人一旦精通了色彩，那么无论是写作还是调情，都将会所向披靡。

一九九九年五月十二日

字与音

　　博尔赫斯在但丁的诗句里听到了声音，他举例《地狱篇》第五唱中的最后一句——"倒下了，就像死去的躯体倒下。"博尔赫斯说："为什么令人难忘？就因为它有'倒下'的回响。"他感到但丁写出了自己的想象。出于类似的原因，博尔赫斯认为自己发现了但丁的力度和但丁的精美。关于精美他补充道："我们总是只关注佛罗伦萨诗人的阴冷与严谨，却忘了作品所赋予的美感、愉悦和温柔。"

　　"就像死去的躯体倒下"，在但丁这个比喻中，倒下的声音是从叙述中传达出来的。如果换成这样的句式——"倒下了，扑通一声。"显然，这里的声音是从词语里发出的。上述例子表明了博尔赫斯所关注的是叙述的特征，而不是词语的含义。为此他敏感地意识到诗人阴冷和严谨的风格与叙述里不断波动的美感、愉悦和温柔其实是相对称的。

如果想在阅读中获得更多的声响，那么荷马史诗比《神曲》更容易使我们满足。当"人丁之多就像春天的树叶和鲜花"的阿开亚人铺开他们的军队时，又像"不同部族的苍蝇，成群结队地飞旋在羊圈周围"。在《伊利亚特》里，仅仅为了表明统率船队的首领和海船的数目，荷马就动用了三百多行诗句。犹如一场席卷而来的风暴，荷马史诗铺天盖地般的风格几乎容纳了世上所能发出的所有声响，然而在众声喧哗的场景后面，叙述却是在宁静地展开。当这些渴望流血牺牲的希腊人的祖先来到道路上时，荷马的诗句如同巴赫的旋律一样优美、清晰和通俗。

> 兵勇们急速行进，穿越平原，脚下掀卷起一股股浓密的泥尘，密得就像南风刮来弥罩峰峦的浓雾——

与但丁著名的诗句几乎一致，这里面发出的声响不是来自词语，而是来自叙述。荷马的叙述让我们在想象中听到这些阿开亚兵勇的脚步。这些像沙子铺满了海滩一样铺满了道路的兵勇，我可以保证他们的脚会将大地踩得轰然作响，因为卷起的泥尘像浓雾似的遮住了峰峦。关于浓雾，荷马还不失时机地加上了幽默的一笔："它不是牧人的朋友，但对小偷，却比黑夜还要宝贵。"

在《歌德谈话录》里，也出现过类似的例子。歌德在回忆他的前辈诗人克洛普斯托克时，对爱克曼说："我想起他的一首颂体诗描写德国女诗神和英国女诗神赛跑。两位姑娘赛跑时，甩开双腿，踢得尘土飞扬。"在歌德眼中，克洛普斯托克是属于那种"出现时是走在时代前面的，他们仿佛不得不拖着时代走，但是现在时代把他们抛到后面去了。"我无缘读到克洛普斯托克那首描写女诗神赛跑的诗。从歌德的评价来看，这可能是一首滑稽可笑的诗作。歌德认为克洛普斯托克的错误是"眼睛并没有盯住活的事物"。

同样的情景在荷马和克洛普斯托克那里会出现不同的命运，我想这样的不同并不是出自词语，而是荷马的叙述和克洛普斯托克的叙述截然不同。因为词语是人们共有的体验和想象，而叙述才是个人的体验和想象。莱辛说："假如上帝把真理交给我，我会谢绝这份礼物，我宁愿自己费力去把它寻找到。"我的理解是上帝乐意给予莱辛的真理不过是词语，而莱辛自己费力找到的真理才是他能够产生力量的叙述。

在了解到诗人如何通过叙述表达出语言的声音后，我想谈一谈音乐家又是如何通过语言来表达他们对声音的感受。我没有迟疑就选择了李斯特，一方面是因为他的文字作品精美和丰富，另一方面是因为他的博学多识。在《以色列人》一文中，李斯特描述了他和几个朋友去参加维也纳犹太教堂的礼拜仪式，他们聆听了由苏尔泽领唱的歌咏班的演唱，事后李斯特写道：

> 那天晚上，教堂里点燃了上千支蜡烛，宛若寥廓天空中的点点繁星。在烛光下，压抑、沉重的歌声组成的奇特合唱

在四周回响。他们每个人的胸膛就像一座地牢，从它的深处，一个不可思议的生灵奋力挣脱出来，在悲伤苦痛中去赞美圣约之神，在坚定的信仰中向他呼唤。总有一天，圣约之神会把他们从这无期的监禁中，把他们从这个令人厌恶的地方，把他们从这个奇特的地方，把他们从这新的巴比伦——最龌龊的地方解救出来；从而把他们在无可比拟的荣誉中重新结合在自己的国土上，令其他民族在它面前吓得发抖。

由语言完成的这一段叙述应该视为音乐叙述的延伸，而不是单纯的解释。李斯特精确的描写和令人吃惊的比喻显示了他精通语言叙述的才华，而他真正的身份，一个音乐家的身份又为他把握了声音的出发和方向。从"他们每个人的胸膛就像一座地牢"开始，一直伸展到"在无可比拟的荣誉中重新结合在自己的国土上"，李斯特将苏尔泽他们的演唱视为一个民族历史的叙述，过去和正在经历中的沉重和苦难，还有未来有可能获得的荣誉。李斯特听出了那些由音符和旋律组成的丰富情感和压抑激情，还有五彩缤纷的梦幻。"揭示出一团燃烧着的火焰正放射着光辉，而他们通常将这团炽热的火焰用灰烬小心谨慎地遮掩着，使我们看来它似乎是冷冰冰的。"可以这么说，犹太人的音乐艺术给予李斯特的仅仅是方向，而他的语言叙述正是为了给这样的方向铺出一条清晰可见的道路。

也许是因为像李斯特这样的音乐家有着奇异的驾驭语言的能

力，使我有过这样的想法：从莫扎特以来的很多歌剧作曲家为什么要不断剥夺诗人的权利？有一段时间我怀疑他们可能是出于权力的欲望，当然现在不这样想了。我曾经有过的怀疑是从他们的书信和文字作品里产生的，他们留下的语言作品中有一点十分明显，那就是他们很关注谁是歌剧的主宰。诗人曾经是，而且歌唱演员也一度主宰过歌剧。为此，才有了莫扎特那个著名的论断，他说诗应该是音乐顺从的女儿。他引证这样的事实：好的音乐可以使人们忘掉最坏的歌词，而相反的例证一个都找不到。

《莫扎特传》的作者奥·扬恩解释了莫扎特的话，他认为与其他艺术相比，音乐能够更直接和更强烈地侵袭和完全占领人们的感官，这时候诗句中由语言产生的印象只能为之让路，而且音乐是通过听觉来到，是以一种看来不能解释的途径直接影响人们的幻想和情感，这种感动的力量在顷刻间超过了诗的语言的感动。奥地利诗人格里尔帕策进一步说："如果音乐在歌剧中的作用，只是把诗人已表达的东西再表达一遍，那我就不需要音乐……旋律啊！你不需要词句概念的解释，你直接来自天上，通过人的心灵，又回到了天上。"

有趣的是奥·扬恩和格里尔帕策都不是作曲家，他们的世界是语言艺术的世界，可是他们和那些歌剧作曲家一个鼻孔出气。下面我要引用两位音乐家的话，第一位是德国小提琴家和作曲家摩·霍普特曼，他在给奥·扬恩的信中批评了格鲁克。众所周知，格鲁克树立了与莫扎特截然不同的歌剧风格，当有人责备莫扎特不尊重歌词时，格鲁克就会受到赞扬。因此，在摩·霍普特曼眼中，格鲁克一直有着要求忠实的意图，但不是音乐的忠实，只是词句的忠实；对词句的忠实常常会带来对音乐的不忠实。摩·霍普特曼在信上说："词句可以简要地说完，而音乐却是绕梁不绝。音乐永远是元音，词句只是辅音，重点只能永远放在元音上，放在正音，而不是放在辅音上。"另一位是英国作曲家亨利·普赛尔，普赛尔是都铎王朝时期将英国音乐推到显赫地位的最后一位作曲家，他死后英国的音乐差不多沉寂了二百年。普赛尔留下了一段漂亮的排比句，在这一段句子里，他首先让诗踩在了散文的肩膀上，然后再让音乐踩到了诗的肩上。他说："像诗是词汇的和声一样，音乐是音符的和声；像诗是散文和演说的升华一样，音乐是诗的升华。"

促使我有了现在的想法的是门德尔松，有一天我读到了他写给马克·安德烈·索凯的信，他在信上说："人们常常抱怨说，音乐太含混模糊，耳边听着音乐脑子却不清楚该想些什么；反之，语言是人人都能理解的。但对于我，情况却恰恰相反，不仅就一段完整的谈话而言，即使是片言只语也是这样。语言，在我看来，是含混的、模糊的、容易误解的；而真正的音乐却能将千百种美好的事物灌注心田，胜过语言。那些我所喜爱的音乐向我表述的思想，不是因为太含糊而不能诉诸语言，相反，是因为太明确而不能化为语言。并且，我发现，试图以文字表述这些思想，会有正确的地方，但同时在所有的文字中，它们又不可能加以正确的表达……"

门德尔松向我们展示了一个音乐家的思维是如何起飞和降落

的，他明确告诉我们：在语言的跑道上他既不能起飞，也无法降落。为此，他进一步说："如果你问我，我落笔的时候，脑海里在想些什么。我会说，就是歌曲本身。如果我脑海里偶然出现了某些词句，可以作为这些歌曲中某一首的歌词，我也决不想告诉任何人。因为同样的词语对于不同的人来说意义是不同的。只有歌曲才能说出同样的东西，才能在这个人或另一个人心中唤起同样的情感，而这一情感，对于不同的人，是不能用同样的语言文字来表述的。"

虽然那些歌剧作曲家权力欲望的嫌疑仍然存在——我指的就是他们对诗人作用的贬低，但是这已经不重要了。以我多年来和语言文字打交道的经验，我可以证实门德尔松的"同样的词语对于不同的人来说意义是不同的"这句话，这是因为同样的词语在不同的人那里所构成的叙述也不同。同时我也认为同样的情感对于不同的人，"是不能用同样的语言文字来表述的"。至于如何对待音乐明确的特性，我告诉自己应该相信门德尔松的话。人们之所以相信权威是因为他们觉得自己是外行，我也不会例外。

我真正要说的是，门德尔松的信件清楚地表达了一个音乐家在落笔的时候在寻找什么，他要寻找的是完全属于个人的体验和想象，而不是人们共有的体验和想象。即便是使音乐隶属到诗歌麾下的格鲁克，他说歌剧只不过是提高了的朗诵，可是当他沉浸到音乐创作的实践中时，他的音乐天性也是时常突破诗句的限制。事实上，门德尔松的寻找，也是荷马和但丁落笔的时候要寻找的。也就是说，他们要寻找的不是音符，也不是词语，而是由音符或者词语组成的叙述，然后就像普赛尔所说的和声那样，让不同高度的乐音同时发声，或者让不同意义的词语同时出场。门德尔松之所以会感到语言是含混、模糊和容易误解的，那是因为构成他叙述的不是词语，而是音符。因此，对门德尔松的围困在荷马和但丁这里恰恰成为了解放。

字与音，或者说诗与音乐，虽然像汉斯立克所说的好比一个立宪政体"永远有两个对等势力在竞争着"；然而它们也像西塞罗赞美中的猎人和拳斗士，有着完全不同的然而却是十分相似的强大。西塞罗说："猎人能在雪地里过夜，能忍受山上的烈日。拳斗士被铁皮手套击中时，连哼都不哼一声。"

一九九九年九月五日

重读柴可夫斯基

——与《爱乐》杂志记者的谈话

时间： 1994 年 11 月 9 日

地点： 北京

记者： 请问余先生哪一年开始听西洋古典音乐？

余华： 我开始听古典音乐的时间比较晚，今年 3 月刚刚买音响。以前，也用 Walkman 听过一些磁带，但从严格意义上说，应该是今年刚刚开始。

记者： 您是一位作家，您认为音乐比小说还重要吗？

余华： 没有任何艺术形式能和音乐相比。应该说，音乐和小说都是叙述类的作品，与小说的叙述相比，音乐的叙述需要更多的神秘体验，也就是音乐的听众应该比小说的读者更多一点天赋。

记者： 听说您从买音响到现在，半年多时间，就买了三百多张 CD？

余华：确实是如饥似渴，再加上刚入门时的狂热。实在是有一种买不过来的感觉。

记者：那么，您现在一天大约听多长时间的音乐？

余华：我早上起得比较晚，从起床一直到深夜我都听，只要是可以坐下来静心听的时候。到了深夜，我就用耳机听。

记者：写作的时候听不听？

余华：不听。

记者：听说您对柴可夫斯基的作品有很高的评价？

余华：我喜欢为内心而创作的艺术家。在我看来，柴可夫斯基的音乐是为内心的需要而创作的，他一生都在解决自我和现实的紧张关系，所以我尊敬他。如果拿贝多芬和马勒作为柴可夫斯基的两个参照系，我个人的感受和体验可能更接近柴可夫斯基。贝多芬的交响曲中所表达的痛苦，是一种古典的痛苦。在贝多芬的交响曲中我们经常会听到痛苦的声音，可在那些痛苦中我们找不到自我的分裂，所以贝多芬的痛苦在我看来很像是激动，或者说在他那里痛苦和激动水乳交融了。贝多芬的交响曲中，我最喜欢的是《田园》，《田园》表达了至高无上的单纯。

记者：您的意思是说，贝多芬代表了18世纪？

余华：贝多芬创造的是一个英雄时代的音乐，因为他不复杂，所以我更喜欢听他的单纯，马勒音乐中的复杂成分，你在贝多芬那里很难找到，但在柴可夫斯基那里可以找到。马勒和柴可夫斯基其实生活在同一个时代，但我总觉得柴可夫斯基是马勒的前辈。

记者：有一种说法，认为柴可夫斯基的音乐里表达的只是他个人的痛苦，而马勒音乐里表达的是整个犹太民族及世纪末的痛苦，马勒能在音乐中超越痛苦，而柴可夫斯基却永远跳不出来。

余华：一个人和他所处的民族、时代背景都是联系在一起的。只要完整地表达好一个人的真实内心，就什么都有了。我听柴可夫斯基的音乐，不用去了解，一听就是19世纪下半叶俄罗斯的产物。我觉得柴可夫斯基是马勒的前辈，就是因为在柴可夫基的音乐中没有超越。干吗非要超越呢？在柴可夫斯基的音乐中充满了一种深不见底的绝望。

记者：您认为绝望和超越绝望，这两者有没有高低之分？

余华：深陷在绝望之中，或者说能够超越绝望，这应该是同等的两种不同的生存状况。就我个人而言，我更容易被绝望吸引，也更容易被它感动。因为绝望比超越更痛苦，也就是说绝望是一种彻底的情感，而超越是一种变化的情感。柴可夫斯基是把痛苦赤裸裸地撕给人们看，所以我以为柴可夫斯基比马勒更能代表19世纪的世纪末。

记者：您不喜欢马勒？

余华：应该说，每一个作家的创作情况不一样，每一个音乐家的创作情况也是各有千秋。杯子和水瓶并没有好坏之分，说它们有好坏，就过于简单。马勒的交响曲中，我最喜欢的就是《第九交响曲》。当他要伤感地向这个世界告别，当他要表达非常具体的一个活着的个人与死亡的关系时，显得非常有力量，表达得无与伦比。

记者：您认为马勒的《第九交响曲》是他个人与死亡的对话？

　　余华：或者说是一种关系，一个活着的人和死亡的交往过程。起先是要抵制，后来才发现，死亡已经给了他一切。这部交响曲由卡拉扬指挥的那个版本，非常感人。相比之下，马勒的《第二交响曲》，我觉得缺少情感上的力度。在马勒这里，《复活》好像是一种思考或者说是一种理想，一种观点；而《第九交响曲》表达的是一个十分具体的问题。他老了，心脏脆弱，他要死了，他不可能回避，也不可能超越，只能面对它。

　　记者：有人认为，柴可夫斯基就好比19世纪俄国文学中的屠格涅夫。您的观点呢？

　　余华：柴可夫斯基一点也不像屠格涅夫，鲍罗丁有点像屠格涅夫。我觉得柴可夫斯基倒是和陀思妥耶夫斯基很相近，因为他们都表达了19世纪末的绝望，那种深不见底的绝望，而且他们的民族性都是通过强烈的个人性来表达的。在柴可夫斯基的音乐中，充满了他自己生命的声音。感伤的怀旧，纤弱的内心情感，强烈的与外在世界的冲突，病态的内心分裂，这些都表现得非常真诚。柴可夫斯基是一层一层地把自己穿的衣服全部脱光。他剥光自己的衣服，不是要你们看到他的裸体，而是要你们看到他的灵魂。在柴可夫斯基的音乐中，我们经常会听到突然出现的不和谐：一会儿还是优美的旋律，一会儿就好像突然有一块玻璃被敲碎。有人认为这是作曲技法上的问题。但我觉得绝不是他在技巧上出现了问题。他的《洛可可主题变奏曲》，变奏非常漂亮；他的交响曲的配器，层次也非常丰富，我认为他的交响曲是他作品中最好的。他音乐中的不和谐因素，是他的自我和现实的紧张关系的表现，充分表达了他与现实之间的敌对，他的个体生命中的这一部分和另一部分的敌对。柴可夫斯基是一位内心扭曲，或者说是内心分裂的作曲家。他身上其实没有什么浪漫，在他同时代的作曲家中，我们很难听到他音乐中那种尖厉的声音。它突然出现，打断甜蜜的场景，然后就变成主要的旋律。在第六交响曲《悲怆》的第一乐章中，主要主题就被这种不和谐打断过好几次。中间有一次，已经发展得非常辉煌，突然又被打断。这主题最后一次出现的时候，已经是伤痕累累了，非常感人。这种不断被打断，恰恰是现代人灵魂的声音。一个正常的人，在与现实和自身的关系中屡屡受挫，遭受各种各样的打击，最后是伤痕累累、破衣烂衫地站在地平线上，挥挥手就要告别世界了。听到这里，我都想掉眼泪。有人说柴可夫斯基没有深度，我不明白他们所指的深度是什么。

记者：您认为恰恰是这种和谐中的不和谐、不和谐再回到和谐，构成了柴可夫斯基音乐中的深刻性？

余华：柴可夫斯基的深刻在于他真实地了解自己。一个人真实地了解了自己，也就会真实地了解世界，又因为真实地了解了世界，也就无法忍受太多的真实。就是这种分裂式的不和谐，柴可夫斯基的音乐才那样感人。要是没有这种不和谐，他很可能成为莫扎特的翻版。

记者：您认为柴可夫斯基与莫扎特之间，有什么联系？

余华：莫扎特是天使，而柴可夫斯基是下地狱的罪人。我的意思是说，莫扎特的音乐是建立在充分和谐的基础上的音乐，他的旋律优美感人，而柴可夫斯基的音乐在旋律上来说，也同样是优美感人的。因为柴可夫斯基有罪，所以他的音乐常常是建立在不和谐的基础上。有人说莫扎特是超越人世，其实他是不懂人世，天使会懂人世吗？而柴可夫斯基是因为对它知道的太多了，所以他必须下地狱。

记者：您认为柴可夫斯基是马勒的前辈，指的是他的情感状态吗？

余华：我觉得柴可夫斯基比马勒更像自己，或者说对自己的了解更彻底。柴可夫斯基是从他自身出发，也就是从人的角度进入社会，而不是从社会出发来进入人。有人认为柴可夫斯基浅薄，是不是因为他的痛苦太多了？其实马勒音乐中痛苦的呻吟不比柴可夫斯基少，奇怪的是没有人说马勒浅薄，是不是因为马勒在音乐中思考了？是不是还有他向着宗教的超越？马勒音乐中的宗教显然又和布鲁克纳音乐中的宗教不一样。马勒的音乐其实有着世俗的力量，宗教似乎是他的世俗中的一把梯子，可以上天的梯子。所以马勒音乐中的宗教很像是思考中的或者说是精神上的宗教，我觉得布鲁克纳音乐中的宗教是血液中的宗教。

记者：要是柴可夫斯基与勃拉姆斯相比呢？勃拉姆斯的交响曲，公认为是充满了理性思考深度的，您怎么认为？

余华：勃拉姆斯让我想起法国新小说派的代表人物罗布·格里耶，这样的比较可能贬低了勃拉姆斯。勃拉姆斯的交响曲给我的感觉是结构非常严谨，技巧的组合非常非常高超，他差不多将海顿以来的交响曲形式推向了无与伦比的完美，虽然伟大的作曲家和伟大的作家一样，对结构的把握体现了对情感和思想的把握，可是勃拉姆斯高高在上，和我们的距离不像与柴可夫斯基那样近。

记者： 勃拉姆斯相比之下，是不是比较掩饰或者压抑自己的情感，去追求结构和德国式的理性思考？

余华： 勃拉姆斯的交响曲，总要使我很费劲地去捕捉他生命本身的激情，他的叙述像是文学中的但丁，而不是荷马，其实他的音乐天性里是充满激情的，但他克制着。相比之下，我更喜欢他的小提琴协奏曲。我觉得在所有的小提琴协奏曲中，勃拉姆斯的是最好的。与勃拉姆斯的交响曲相比，我更喜欢感性。勃拉姆斯的情感倾注在小提琴上时，就有一种情感的自由流淌，非常辉煌，让我们听到了勃拉姆斯的生命在血管里很响亮地哗哗流淌。我喜欢他的所有室内乐作品，那都是登峰造极的作品，比如那两首大提琴和钢琴奏鸣曲，在那里我可以认识真正的勃拉姆斯，激情在温柔里，痛苦在宁静中。

记者： 请问您买的第一张 CD，是不是柴可夫斯基的作品？

余华： 不是。

记者： 那么，您是不是因为比较早地听过柴可夫斯基的作品，而至今对他保持着一种偏爱呢？

余华： 恰恰相反。正因为我听古典音乐的时间比较晚，所以我是在接受了柴可夫斯基是浅薄的观点之后，在先听了作为深刻的马勒、肖斯塔可维奇、贝多芬、布鲁克纳，甚至巴赫以后，再回头来听柴可夫斯基的。正是因为先听了马勒，才使我回过头来体会到了柴可夫斯基的彻底。有些人批评柴可夫斯基的音乐是非民族性的，但他的音乐中，恰恰比"五人团"成员更体现出俄罗斯的性格。一个完整的人才是一个民族的最好缩影，也只有通过这样完整的个人，民族性才能得以健全。在柴可夫斯基的《悲怆》中，既是个人的绝望，也是对整个世界人类的绝望。在艺术里面，情感的力量是最重要的，它就像是海底的暗流一样，而技巧、思想和信仰等等，都是海面的波涛，波涛汹涌的程度是由暗流来决定的。柴可夫斯基在作曲家中，从一个人的角度看，我的意思是对自我的深入方面，也许是最完善的。他既有非常丰富的交响曲，也有《洛可可主题变奏曲》这样写得很漂亮的变奏曲，他的四重奏充满了俄罗斯土地的气息，和巴尔托克的四重奏有很相近之处。

记者：柴可夫斯基与巴尔托克，您认为形态上很接近吗？

余华：我所指的是，他们都很好地从个人的角度表达了一个民族的情感，在柴可夫斯基和巴尔托克的四重奏里，你都能找到一种旷野的感觉。当然就四重奏来说，我更喜欢巴尔托克的。柴可夫斯基最为感人的是《纪念一位伟大的艺术家》，他是从一个人出发来悼念另一个人，而布鲁克纳的《第七交响曲》虽然是给瓦格纳的，但他不是为了悼念一个人，而是一个时代，他是从自己的时代出发，去悼念那个刚刚倒下去的瓦格纳时代。柴可夫斯基在失去了尼古拉·鲁宾斯坦时的情感，让我想起罗兰·巴特在母亲去世后写道："我失去的不是一个形象，而是一个活生生的人。"柴可夫斯基将内心的痛苦转换成了伟大的忧伤。就是他那些很精细、动听的钢琴小品,内心的声音也极其清晰。

记者: 有人认为,他的小品就好比甜点、薄饼,您怎么认为?

余华: 这里有一个如何理解一位艺术家在面对不同作品时,他怎么处理的问题。柴可夫斯基的小品,比如说《四季》,表现的是他对童年岁月的回忆。因为岁月的流逝,这种童年回忆像是蒙上了一层感伤的色彩。其实,柴可夫斯基展示的不是很多人自以为感受到的感伤,他展示的是一段回忆中的现实,或者说是隐私。我听到的就是这些,这些过去岁月中的景色,以及因此而引起的一些隐秘的想法和情感的变化,它们和道德无关,和社会和民族无关,当然和生命紧密相关。柴可夫斯基的这些作品,使我想到许多著名哲学家比如伽达默尔晚年所写的随笔,其力量不是愤怒和激动,不是为了解构世界,而是深入人心的亲切。

记者: 对柴可夫斯基的评价,我们感受到现在有两种截然不同的态度。对于五十岁以上的中国知识分子来说,柴可夫斯基的音乐似乎是他们音乐文化的源泉,他们一直沉浸在柴可夫斯基音乐的熏陶之中,柴可夫斯基的音乐似乎已成为了他们精神文化的一部分,他们和柴可夫斯基是无法分割的关系。而对四十岁以下,粉碎"四人帮"之后接触古典音乐的较年轻的音乐爱好者,因为他们同时面对整个欧洲的音乐,他们中相当多的人就把柴可夫斯基的音乐摆在比较次要的地位。有人甚至把柴可夫斯基的音乐称为"轻音乐"。

余华: 那么,他们没有认为莫扎特的音乐是"轻音乐"?因为相比之下，莫扎特更有这方面的嫌疑。事实上，每一位艺术家都要在轻和重之间把握自己的创作，因为轻和重总是同时出现在对某一个旋律或者某一句子的处理上，很多伟大的艺术家选择了举重若轻的方式，莫扎特是这方面的典范。我想问一下，他们认为什么样的作品是重要的？

记者：对于他们来说，比如说贝多芬的晚期作品，比如马勒，比如西贝柳斯，比如肖斯塔可维奇。

余华：自然，任何一个人都有权利去选择自己所喜欢的音乐，当一个人说他不喜欢马勒，而喜欢邓丽君时，他本人并没有错。对艺术的欣赏一方面来自自身的修养，另一方面还有一个观念问题，比如受到社会意识形态的影响。许多人喜欢肖斯塔可维奇，认为他的音乐是对斯大林时代对知识分子精神压抑与摧残的真实控诉，其实这样的评价对肖斯塔可维奇很不友好，他们把他作品力量的前提放在社会和知识分子问题上，如果这个前提一旦消失，也就是说斯大林时代一旦被人遗忘，知识分子的问题一旦不存在了，肖斯塔可维奇是否也就没有价值了？因为，音乐的力量只会来自音乐自身，即人的内心力量。这种力量随着作曲家自身的变化，以及他们所处时代的变化，就会变化出与那个时代最贴近的手段，这仅仅是手段。肖斯塔可维奇作品中那种焦虑、不安和精神上的破碎，很大程度上来自时代的压力，但是更重要的是他内心的力量。那个时代里受到压抑的艺术家不只是肖斯塔可维奇，为什么他最有力？

柴可夫斯基在这方面，就是他在表达内心时不仅有力，而且纯洁，我所说的纯洁是他的作品中几乎没有任何来自内心之外的东西，正是这种纯洁，才使他的力量如此令人感动。所以我说那种认为柴可夫斯基是民族作曲家的看法不是很确切，他就是作曲家，任何放在作曲家这三个字前面的话都是多余的。现在还有一种很荒谬的观点，好像真实地倾诉自己情感的作品，让人听了流泪的作品，反而是浅薄的，艺术为什么不应该使人流泪？难道艺术中不应该有情感的力量？当然情感有很多表达的方式，使人身心为之感动的、使人流下伤感或者喜悦的眼泪的方式在我看来是最有力量的。我们要的是情感的深度，而不是空洞的理念的深刻。总之，随便否定一个大师，好像一挥手就把托尔斯泰、巴尔扎克、柴可夫斯基、贝多芬否定了，这都是 20 世纪的毛病。我明白，为什么会有那么多人不喜欢柴可夫斯基，就好像这个时代要否定那个时代，是一个时代对另一个时代的报复心理。现在，当一个新的时代即将来临，我们这个时代也将被另一个时代取代时，恰恰是对过去时代大师们重新理解的开始，对柴可夫斯基，对托尔斯泰都有重读的必要，通过重读，我们有可能获得新的精神财富。

消失的意义

　　台北出版的《摄影家》杂志，第 17 期以全部的篇幅介绍了一个叫方大曾的陌生的名字。里面选登的 58 幅作品和不多的介绍文字吸引了我，使我迅速地熟悉了这个名字。我想，一方面是因为这个名字里隐藏着一位摄影家令人吃惊的才华，另一方面这个名字也隐藏了一个英俊健康的年轻人短暂和神秘的一生。马塞尔·普鲁斯特说："我们把不可知给了名字。"我的理解是一个人名或者是一个地名都在暗示着广阔和丰富的经历，他们就像《一千零一夜》中四十大盗的宝库之门，一旦能够走入这个名字所代表的经历，那么就如打开了宝库之门一样，所要的一切就会近在眼前。

　　1912 年出生的方大曾，在北平市立第一中学毕业后，1930 年考入北平中法大学经济系。他的妹妹方澄敏后来写道："他喜欢旅行、写稿和照相。"九一八"以后从事抗战救亡活动。绥远抗战时他到前线采访，活跃于长城内外。1937年卢沟桥事变后为《中外新闻学社》及《全民通讯社》摄影记者及《大公报》战地特派员到前方采访。30年代的热血青年都有着或多或少的左翼倾向，方大曾也同样如此，他的革命道路"从不满现实、阅读进步书刊到参加党的外围组织的一些秘密活动"。他的父亲当时供职于外交部，不错的家境和父母开明的态度使他保持了摄影的爱好，这在那个时代是十分奢侈的爱好。他与一台折叠式相机相依为命，走过了很多硝烟弥漫的战场，也走过了很多城市或者乡村的生活场景，走过了蒙古草原和青藏高原。这使他拥有了很多同龄青年所没有的人生经历。抗战爆发后，他的行走路线就被长城内外一个接着一个的战场确定了下来，这期间他发表了很多摄影作品，同时他也写下了很多有关战争的通讯。当时他已经是一个专门报道爱国救亡事迹的著名记者了。然而随着他很快地失踪，再加上刊登他作品的报刊又很快地消失，他的才华和他的经历都成了如烟的往事。在半个世纪以后出版的《中国摄影史》里，有关他的篇幅只有一百多字。不过这一百多字的篇幅，成为了今天对那个遥远时代的藕断丝连的记忆。方大曾为世人所知的最后的行走路线，是1937年7月在保定。7月28日，他和两位同行出发到卢沟桥前线，30日他们返回保定，当天下午保定遭受敌机轰炸，孙连仲部队开赴前线，接替29军防线，他的同行当天晚上离开保定搭车向南方，方大曾独自一人留了下来。他留在保定是为了活着，为了继续摄影和写稿，可是得到的却是消失的命运。

在方澄敏长达半个多世纪的记忆里，方大曾的形象几乎是纯洁无瑕，他 25 岁时的突然消失，使他天真、热情和正直的个性没有去经受岁月更多更残忍的考验。而经历了将近一个世纪动荡的方澄敏，年届八十再度回忆自己的哥哥时不由百感交集。这里面蕴含着持久不变的一个妹妹的崇敬和自豪，以及一种少女般的对一个英俊和才华横溢的青年男子的憧憬，还有一个老人对一个单纯的年轻人的挚爱之情，方澄敏的记忆将这三者融为一体。

方大曾在失踪前的两年时间里，拍摄了大量的作品，过多的野外工作使他没有时间待在暗房里，于是暗房的工作就落到了妹妹方澄敏的手上。正是因为方澄敏介入了方大曾的工作，于是在方大曾消失之后，他的大量作品完好无损地活了下来。方澄敏如同珍藏着对哥哥的记忆一样，珍藏着方大曾失踪前留下的全部底片。在经历了抗日战争、国内战争、全国解放、"大跃进"和文化大革命的种种动荡和磨难之后，方澄敏从一位端庄美丽的少女变成了一位白发苍苍的老人，而方大曾的作品在妹妹的保护下仍然年轻和生机勃勃。与时代健忘的记忆截然不同的是，方澄敏有关哥哥的个人记忆经久不衰，它不会因为方大曾的消失和刊登过他作品的报刊的消失而衰落。方大曾在方澄敏的心中深深地扎下了根，而且像树根一样随着时间的推移会越扎越深。对方澄敏来说，这已经不再是一个哥哥的形象，差不多是一个凝聚了所有男性魅力的形象。

《摄影家》杂志所刊登的方大曾的 58 幅作品，只是方澄敏保存的约一千张 120 底片中的有限选择。就像露出海面的一角可以使人领略海水中隐藏的冰山那样，这 58 幅才华横溢的作品栩栩如生地展示了一个遥远时代的风格。激战前宁静的前线，一个士兵背着上了刺刀的长枪站在掩体里；运送补给品的民夫散漫地走在高山之下；车站前移防的士兵，脸上匆忙的神色显示了他们没有时间去思考自己的命运；寒冷的冬天里，一个死者的断臂如同折断后枯干的树枝，另一个活着的人正在剥去他身上的棉衣；戴着防毒面罩的化学战；行走的军人和站在墙边的百姓；战争中的走私；示威的人群；樵夫；农夫；船夫；码头工人；日本妓女；军乐队；坐在长城上的孩子；海水中嬉笑的孩子；井底的矿工；烈日下赤身裸体的纤夫；城市里的搬运工；集市；赶集的人和马车；一个父亲和他的五个儿子；一个母亲和她没有穿裤子的女儿；纺织女工；蒙古女子；王爷女儿的婚礼；兴高采烈的西藏小喇嘛。从画面上看，方大曾的这些作品几乎都是以抓拍的方式来完成，可是来自镜框的感觉又使人觉得这些作品的构图是精心设计的。将快门按下时的瞬间感觉和构图时的胸有成竹合二为一，这就是方大曾留给我们的不朽经历。

方大曾的作品像是 30 年代留下的一份遗嘱，一份留给以后所有时代的遗嘱。这些精美的画面给今天的我们带来了旧式的火车，早已消失了的码头和工厂，布满缆绳的帆船，荒凉的土地，旧时代的战场和兵器，还有旧时代的生活和风尚。然而那些在一瞬间被固定到画面中的身影、面容和眼神，却有着持之以恒的生机勃勃。他们神色中的欢乐、麻木、安详和激动，他们身影中的艰辛、疲惫、匆忙和悠然自得，都像他们的面容一样为我们所熟悉，都像今天人们的神色和身影。这些 30 年代的形象和今天的形象有着奇妙的一致，仿佛他们已经从半个多世纪前的120底片里脱颖而出，从他们陈旧的服装和陈旧的城市里脱颖而出，成为了今天的人们。这些在那个已经消失的时代里留下自己瞬间形象的人，在今天可能大多已经辞世而去，就像那些已经消失了的街道和房屋，那些消失了的车站和码头。当一切消失之后，方大曾的作品告诉我们，有一点始终不会消失，这就是人的神色和身影，它们正在世代相传。

直到现在，方澄敏仍然不能完全接受哥哥已经死去的事实，她内心深处始终隐藏着一个幻想：有一天她的哥哥就像当年突然消失那样，会突然地出现在她的面前。《摄影家》杂志所编辑的方大曾专辑里，第一幅照片就是白发苍苍的方澄敏手里拿着一幅方大曾的自拍像——年轻的方大曾坐在马上，既像是出发也像是归来。照片中的方澄敏站在门口，她期待着方大曾归来的眼神，与其说是一个妹妹的眼神，不如说是一个祖母的眼神了。两幅画面重叠到一起，使遥远的过去和活生生的现在有了可靠的连接，或者说使消失的过去逐渐地成为了今天的存在。这似乎是人们的记忆存在的理由，过去时代的人和事为什么总是阴魂不散？我想这是因为他们一直影响着后来者的思维和生活。这样的经历不只是存在于方大曾和方澄敏兄妹之间。我的意思是说，无论是遭受了命运背叛的人，还是深得命运青睐的人，他们都会时刻感受着那些消失了的过去所带来的冲击。

汤姆·福特是另一个例子，这是一位来自美国得克萨斯州的时装设计师，他是一个迅速成功者的典型，他在短短的几年时间里，使一个已经衰落了的服装品牌——古奇，重获辉煌。汤姆·福特显然是另外一种形象，与方大曾将自己的才华和30年代一起消失的命运绝然不同，汤姆·福特代表了90年代的时尚、财富、荣耀和任性，他属于那类向自己所处时代支取了一切的幸运儿，他年纪轻轻就应有尽有，于是对他来说幸福反而微不足道，他认为只要躺在家中的床上，让爱犬陪着看看电视就是真正的幸福。而历经磨难来到了生命尾声的方澄敏，真正的幸福就是能够看到哥哥的作品获得出版的机会。只有这样，方澄敏才会感受到半个多世纪前消失的方大曾归来了。

汤姆·福特也用同样的方式去获得过去的归来，虽然他的情感和方澄敏的情感犹如天壤之别，不过他确实也这样做了。他在接受《ELLE》杂志记者访问时，说美国妇女很性感，可是很少有令人心动的姿色，他认为原因是她们的穿着总是过于规矩和正式。汤姆·福特接着说："而在巴黎、罗马或马德里，只需看一个面容一般的妇女在颈部系一条简简单单的丝巾，就能从中看出她的祖先曾穿着花边袖口和曳地长裙。"

让一个在今天大街上行走的妇女，以脖子上的一条简单的丝巾描绘出她们已经消失了的祖先，以及那个充满了花边袖口和曳地长裙的时代。汤姆·福特表达了他职业的才华，他将自己对服装的理解，轻松地融入到了对人的理解和对历史的理解之中。与此同时，他令人信服地指出了记忆出发时的方式，如何从某一点走向不可预测的广阔，就像一叶知秋那样。汤姆·福特的方式也是马塞尔·普鲁斯特的方式。《追忆似水年华》里德·盖尔芒特夫人的名字就像是一片可以预测秋天的树叶。这个名字给普鲁斯特带来了七八个迥然不同的形象，这些形象又勾起了无边的往事。于是，一位女士的经历和一个家族的经历，在这个名字里层层叠叠和色彩斑斓地生长出来。那个著名的有关小玛德兰点心的篇章也是同样如此，对一块点心的品尝，会勾起很多散漫的记忆。普鲁斯特在他那部漫长的小说里留下了很多有趣的段落，这些段落足以说明他是如何从此刻抵达以往的经历，其实这也是人们共同的习惯。在其中的一个段落里，普鲁斯特写道："只有通过钟声才能意识到中午的康勃雷，通过供暖装置发出的哼声才能意识到清早的堂西埃尔。"

马勒为女低音和乐队所作的声乐套曲《追悼亡儿之歌》，其追寻消失往事时的目光，显然不是汤姆·福特和马塞尔·普鲁斯特的目光，也不是他自己在《大地之歌》中寻找过去时代和遥远国度时的目光，马勒在这里的目光更像是伫立在门口的方澄敏的目光，一个失去了孩子的父亲和一个失去了哥哥的妹妹时常会神色一致。这是因为失去亲人的感受和寻找往事的感受截然不同，前者失去的是一个活生生的人，而后者想得到的只是一个形象。事实上，这一组哀婉动人的声乐套曲，来自一个德国诗人和一个奥地利作曲家的完美结合。首先是德国诗人吕克特的不幸经历，他接连失去了两个孩子，悲伤和痛苦使他写下了100多首哀歌。然后是马勒的不幸，他在吕克特的诗作里读到了自己的旋律，于是他就将其中的5首谱写成曲，可是作品完成后不久，他的幼女就夭折了。悲哀的马勒将其不幸视为自己的责任，因为事先他写下了《孩子之死》的歌曲。吕克特的哀悼成为了马勒的预悼，不同的写作使诗歌和音乐结合成声乐，同样的不幸使两个不同的人在这部声乐套曲完成之后，成为了同一个人。

只要读一下这组套曲的5首歌名，就不难感受到里面挣扎着哀婉的力量。《太阳再次升起在东方》、《现在我看清了火焰为什么这样黯淡》、《当你亲爱的母亲进门来时》、《我总以为他们出远门去了》、《风雨飘摇的时候，我不该送孩子出门去》。是不是因为悲伤蒙住了眼睛，才能够看清火焰的黯淡？而当太阳再次升起在东方的时候，当亲爱的母亲进门来的时候，亡儿又在何处？尤其是《风雨飘摇的时候，我不该送孩子出门去》，孩子生前的一次十分平常的风雨中出门，都会成为父亲一生的愧疚。曾经存在过的人和事一旦消失之后，总是这样使人倍感珍贵。马勒和吕克特的哀歌与其说是在抒发自己的悲伤，不如说是为了与死去的孩子继续相遇。有时候艺术作品和记忆一样，它们都可以使消失了的往事重新成为切实可信的存在。

我想，这也许就是人们为什么如此迷恋往事的原因，因为消失的一切都会获得归来的权利。在文学和音乐的叙述里，在绘画和摄影的镜框里，在生活的回忆和梦境的闪现里，它们随时都会突然回来。于是艺术家们，尤其是诗人热衷于到消失的世界里去寻找题材，然后在吟唱中让它们归来。贺拉斯写道：

> 阿伽门农之前的英雄何止百千，
>
> 谁曾得到你们一掬同情之泪，

他们已深深埋进历史的长夜。

再来读一读《亚美利加洲的爱》，聂鲁达写下了这样的诗句：

在礼服和假发来到这里之前，

只有大河，滔滔滚滚的大河；

只有山岭，其突兀的起伏之中，

飞鹰或积雪仿佛一动不动；

只有湿气和密林，尚未有名字的

雷鸣，以及星空下的邦巴斯草原。

从古老的欧洲到不久前的美洲，贺拉斯和聂鲁达表达了人们源远流长的习惯——对传说和记忆的留恋。贺拉斯寻找的是消失在传说中的英雄，这比从现实中的消失更加令人不安，因为他们连一掬同情之泪都无法得到，只能埋进历史深深的长夜。聂鲁达寻找的是记忆，是关于美洲大陆的原始的记忆。在身穿礼服和头戴假发的欧洲人来到美洲之前，美洲大陆曾经是那样的生机勃勃，是自然和野性的生机勃勃。聂鲁达说人就是大地，人就是颤动的泥浆和奇布却的石头，人就是加勒比的歌和阿劳加的硅土。而且，就是在武器的把柄上，都铭刻着大地的缩影。

人们追忆失去的亲友，回想着他们的音容笑貌，或者回首自己的往事，寻找消失了的过去，还有沉浸到历史和传说之中，去发现今天的存在和今天的意义。我感到不幸的理由总是多于欢乐的理由，就像眼泪比笑声更容易刻骨铭心，流血比流汗更令人难忘。于是历史和人生为我们总结出了两种态度，在如何对待消失的过去时，自古以来就是两种态度。一种是历史的态度，像荷马所说："神祇编织不幸，是为了让后代不缺少吟唱的题材。"另一种是个人的人生态度，像马提亚尔所说："回忆过去的生活，无异于再活一次。"荷马的态度和马提亚尔的态度有一点是一致的，那就是人们之所以要找回消失了的过去，并不是为了再一次去承受，而是为了品尝。

一九九九年十一月十一日

强劲的想象产生事实

一

蒙田有一篇《论想象的力量》的随笔，开始的第一句话就引用了当时的学者们所认为的"强劲的想象产生事实"。

蒙田生活的那个时代距离今天有四五百年了，他说："我是很容易感受想象威力的人。每个人都受它打击，许多人还被它推倒。我的策略是避开它，而不是和它对抗。"

在这里，蒙田对想象表现出了多少有些暧昧的态度，他只是承认想象的力量，而不去对此多加议论。想象在蒙田面前时常是这样的："只要看到别人受苦，我便觉得肉体上也在受苦，我自己的感觉往往僭夺第三者的感觉。一个人在我面前不停地咳嗽，连我的咽喉和肺腑也发痒。"

强劲的想象产生了事实，一个本来是健康的人通过对疾病不可逃避的想象，使自己也成为了病人。有些疾病所具有的传染的特性，似乎就是想象。这二者有一些相同的特点，比如说接触，首先是两者间的接触，这是给想象，也可以说是给传染建立了基础。想象和传染一样，都试图说明局外者是不存在的，一切和自己无关的事物，因为有了想象，就和自己有关了，"而且把它保留在我身上"。

与蒙田同一个时代的一位英国诗人约翰·堂恩，给想象注入了同情和怜悯之心，他的《祈祷文集》第十七篇这样写道：

> 谁都不是一座岛屿，自成一体；每个人都是那广袤大陆的一部分。如果海浪冲刷掉一个土块，欧洲就少了一点；如果一个海角，如果你朋友或你自己的庄园被冲掉，也是如此。任何人的死亡都使我受到损失，因为我包孕在人类之中。所以别去打听丧钟为谁而鸣，它为你敲响。

二

《庄子·齐物论》："昔者庄周梦为蝴蝶，栩栩然蝴蝶也……不知周之梦为蝴蝶与？蝴蝶之梦为周与？"

《庄子·秋水》："庄子与惠子游于濠梁之上。庄子曰：'鲦鱼出游从容，是鱼乐也。'惠子曰：'子非鱼，安知鱼之乐？'庄子曰：'子非我，安知我不知鱼之乐？'"

比蒙田和约翰·堂恩要年长几个世纪的庄周，常常在想象里迷失自我，从而在梦中成了一只蝴蝶，而且还是"栩栩然"。最后他又迷惑不已，从梦中醒来以后，开始怀疑自己的一生很可能是某一只蝴蝶所做的某一个梦而已。

想象混淆了是非，或者说想象正在重新判断，像一个出门远行的人那样，想象走在路上了，要去的地方会发生一些什么，它一下子还不能知道，这时候的想象和冒险合二为一了。

蒙田说："我以为写过去的事不如写目前的事那么冒险，为的是作者只要报告一个借来的真理……与药汤不同，一个古代的故事无论是这样或那样，并没有什么危险。"

庄子与惠子关于鱼是不是真的很快乐的对话，都是用否定想象的方式进行的，首先是庄子想象到鱼在水中嬉戏时的快乐，当他说鱼很快乐时，鱼的快乐也成为了他的快乐，而惠子立刻否定了，他对庄子说："你又不是鱼，你怎么知道鱼很快乐？"

在这里，惠子否定的不是鱼的快乐与否，而是庄子的想象。惠子会不会这样认为：现在快乐的是庄子，而不是鱼，庄子所说的鱼的快乐只不过是借题发挥。

庄子也立刻否定了惠子的想象，他以其人之道还治其人之身：你又不是我，你怎么知道我不知道鱼的快乐？

两个人的分歧在什么地方已经不重要了，庄子是因为自己快乐，才觉得鱼也快乐，庄子的快乐是一个事实，鱼的快乐是庄子的一个想象，或者恰恰反过来，鱼的快乐才是一个事实，庄子的

　　　　　　　　　　　　　　| 余华作品

快乐只是延伸出来的想象。

"人自乐于陆，鱼自乐于水。"两者都很快乐以后，想象与事实也就难分你我了。

与蒙田几乎是一个时代的王船山先生，是一位抱道隐居，萧然物外之人，他所作《庄子解》里，对庄周与蝴蝶之间暧昧不清的关系进行诠释时，着重在"此之为物化"上，"物化，谓化之在物者。"船山先生的弟子王增注：鲲化鹏、蜣螂化蜩、鹰化鸠……大者化大，小者化小。至于庄周化蝴蝶，蝴蝶化庄周，则无不可化矣。

如果用想象这个词来代替物化，在同样包含了变化的同时，还可以免去来自体积上的麻烦。庄周与蝴蝶，一大一小，两者相去甚远，不管是庄周变成蝴蝶，还是蝴蝶变成庄周，都会让人瞠目结舌，可是想象就不一样了，想象是自由的，是不受限制的，没有人会去计较想象中出现的差异，而且在关键时刻"强劲的想象"会"产生事实"。

卡夫卡在其小说《变形记》的一开始，就这样写道："一天早晨，格里高尔·萨姆沙从不安的睡梦中醒来，发现自己躺在床上变成了一只巨大的甲虫。"

很多读者都注意到了甲虫的体积已经大大超过了变化前的格里高尔·萨姆沙，可是这中间有多少人对此表示过疑问？

三

那么，想象和事实之间究竟有多少距离？卡夫卡小说《变形记》的阅读者们在面对人变成甲虫时，会不会觉得这样是不真实的，经过长达八十年的阅读检验，是否真实的问题已经不存在了，《变形记》就像《精卫填海》，或者希腊神话中的传说那样，成为人们生活中的一部分事实，也就是人们常说的经典，经典这个词是对强劲的想象所产生的事实的最高评语，也是最有力的保护。

格里高尔·萨姆沙变成了一只巨大的甲虫，所有的阅读者都知道了这个事实，然后他们都变得心情沉重起来，因为他们预感到自己正在了解着一个悲惨的命运。

如果格里高尔·萨姆沙在那天早晨醒来时，发现自己变成了一朵鲜花，并且在花瓣上布满了露珠，露珠上还折射着太阳的光芒，这样阅读者的心情就会完全不一样。

对于格里高尔·萨姆沙，甲虫和鲜花没有什么两样，他都失去了自己的身体，失去了伸出去的手和手上皮肤的弹性，也失去了带领他走街串巷的两条腿。总之他失去了原来的一切，而这一切自他出生起就和他朝夕相处了。

变成甲虫以后的悲惨和变成鲜花以后的美好，都只是阅读者的心理变化，与格里高尔·萨姆沙自己关系不大。甲虫和鲜花，本来没有什么悲惨和美好之分，只不过是在人们阅读《变形记》之前，在卡夫卡写作《变形记》之前，强劲的想象已经使甲虫和鲜花产生了另外的事实，于是前者让人讨厌，后者却让人喜爱。

蒙田说："如果我请人做向导，我的脚步也许跟不上他。"

四

蒙田在《论想象的力量》一文里，讲述了这样一些事，一个犯人被送上断头台，接着又给他松绑，在对他宣读赦词时，这个犯人竟被自己的想象所击倒，僵死在断头台上了。一个生来就是哑巴的人，有一天热情使他开口说话。还有一个老头，他的邻居都能证明他在二十二岁的时候还是一个女子，只是有一次他跳的时候多用了一些力气，他的阳物就一下子伸了出来。

类似的故事在距离蒙田四百多年以后的中国也有，蒙田那时候的女子中间流行过一首歌，少女们唱着互相警戒步子不要跨得太大，以免突然变成了男子。而在中国的少女中间，曾经流传过这样的说法，就是有阴阳人的存在，有貌似女子实质却是男子的人，到了夜晚睡觉的时候，阳物就会伸出来。这样的说法是提醒少女们在和女子同床共枕时也得留心，以免过早失去贞操。

我小的时候也经常听说关于哑巴突然开口说话和一个人被自己给吓死之类的事，讲述者都能具体到那位当事人的容貌、身材和家庭成员，以及当事人所居住的村庄，这些辅助材料使事件显得十分逼真。

这些日子我开始认真地阅读莎士比亚。从今天的标准来看，莎士比亚戏剧中经常出现一些幼稚的想法，我说这样的话时没有一点自负的意思，一个伟人虽然衣着破旧，也不应该受到嘲笑。

我真正要说的是，莎士比亚让我了解到什么是我们共同的利益，它们不会受到时间和距离的干扰，在那个时代就已经激动人心的事物，为何到了今天仍然闪闪发亮？其永葆青春的秘诀何在？

记得几年前，有一天史铁生对我说：现在人们更愿意去关注事物的那些变化，可是还有不变的。

莎士比亚戏剧中那些不变的，或者说是永恒的力量，在时移境迁中越磨越亮，现在我阅读它们时，感到世界很小，时间也很短，仿佛莎士比亚与我生活在同一个时代，同一座城市里。

五

《论想象的力量》里有这样一个段落，"西门·汤马士当时是名医。我记得有一天，在一个患肺病的年老的富翁家里遇到他，谈起治疗这病的方法。他对富翁说其中一个良方时便不要我在场，因为如果那富人把他的视线集中在我光泽的面孔上，把他的注意力集中在我活泼欢欣的青春上，而且把我当时那种蓬勃的气象摄入他的五官，他的健康便可以大有起色。可是他忘记了说我的健康却会因而受到损伤。"

我在鲁迅文学院学习时，有一位同学出于一种我们不知道也不感兴趣的原因，经常去和一些老人打交道，等到快毕业时，他告诉我，他觉得自己一下子老了很多，胃口变坏了，嘴里经常发苦，睡眠也越来越糟。他认为原因就是和老人在一起的时间太多了。

另外有一个事实大家都能够注意到，一些常和年轻人在一起的老人，其身体状况和精神状况常常比他们的实际年龄要小上十多和二十多岁。

这就是想象的力量，"它的影响深入我的内心。我的策略是避开它，而不是和它对抗。"

想象可以使本来不存在的事物凸现出来，一个患有严重失眠症的人，对安眠药的需要更多是精神上的，药物则是第二位。当别人随便给他几粒什么药片，只要不是毒药，告诉他这就是安眠药，而他也相信了，吞服了下去，他吃的不是安眠药，也会睡得像婴儿一样。

想象就这样产生了事实，我们还听到过另外一些事，一些除了离奇以外不会让我们想到别的什么，这似乎也是想象，可是它们产生不了事实，产生不了事实的，我想就不应该是想象，这大概是虚幻。

加西亚·马尔克斯在《番石榴飘香》里对他的朋友说："记得有一次，我兴致勃勃地写了一本童话，取名"虚度年华的海洋"，我把清样寄给了你。你像过去一样，坦率地告诉我你不喜欢这本书。你认为，虚幻至少对你来说，真是不知所云。你的话使我幡然醒悟，因为孩子们也不喜欢虚幻，他们喜欢想象的东西。虚幻和想象之间的区别，就跟口技演员手里操纵的木偶和真人一样。"

几年前，我刚开始阅读蒙田的随笔时，对蒙田所处的时代十分羡慕，他生活在一个充满想象的现实里，而不是西红柿多少钱一斤的现实，我觉得他内心的生活和大街上的世俗生活没有格格不入，他从这两者里都能获得灵感，他的精神就像田野一样伸展出去，散发着自由的气息。

这样的羡慕在阅读加西亚·马尔克斯的作品时也同样产生过，他的《百年孤独》出版后，"我认识一些普普通通的老百姓，他们兴致勃勃、仔细认真地读了《百年孤独》，但是阅读之余并不大惊小怪，因为说实在的，我没有讲述任何一件跟他们的现实生活大相径庭的事情。"

而且，"巴兰基利亚有一个青年说他确实长了一条猪尾巴。"马尔克斯说："只要打开报纸，就会了解我们周围每天都会发生奇特的事情。"

一个充满想象的作家，如果面对很多也是充满想象的读者，尤其可贵的是这里面有许多人只是普普通通的老百姓，那么这个作家也会像加西亚·马尔克斯一样，得意与喜悦之情溢于言表。

当然，这个作家的作品里必须具有真正意义上的想象，而不是虚幻和离奇，想象应该有着现实的依据，或者说想象应该产生事实，否则就只是臆造和谎言。《百年孤独》里俏姑娘雷梅苔丝飞上天空以前，加西亚·马尔克斯曾经坐立不安。

"她怎么也上不了天。我当时实在想不出办法打发她飞上天空，心中很着急。有一天，我一面苦苦思索，一面走进我们家的院子里去。当时风很大。一个来我们家洗衣服的高大而漂亮的黑女人在绳子上晾床单，她怎么也晾不成，床单让风给刮跑了。当时，我茅塞顿开，受到了启发。'有了。'我想到，俏姑娘雷梅苔丝有了床单就可以飞上天空了……当我坐到打字机前的时候，俏姑娘雷梅苔丝就一个劲儿地飞呀，飞呀，连上帝也拦她不住了。"

　　　　　　　　　　　　　　　　　　　　　　｜ 余华作品

六

　　我回到那间半截房顶的房子里，里面睡着那女人。我对她说：

　　"我就睡在这里，在我自己的角落里，反正床和地板一样硬。要是发生什么事，请告诉我。"

　　她对我说：

　　"多尼斯不会回来了，从他的眼神中我已发觉了。他一直在等着有人来，他好走掉。现在你要负责照料我。怎么？你不愿照料我？快上这里来跟我睡吧。"

　　"我在这里很好。"

　　"你还是到床上来的好，在地板上耗子会把你吃掉的。"

　　于是我就去和她睡在一起了。

　　这是胡安·鲁尔弗那部著名的小说《佩德罗·巴拉莫》中的一段，两个事实上已经死去的人就这样睡到了一起，一个是男人，还有一个是女人。

　　我第一次阅读这部小说时，被里面弥漫出来的若即若离，时隐时现的气氛所深深吸引，尤其是这一段关于两个死去的人如何实现他们的做爱，让我吃惊。

　　现在，我重新找到这一段，再次阅读以后又是吃了一惊，我发现胡安·鲁尔弗的描述极其单纯，而我最初阅读时，在心里产生过极其丰富的事实。当然，将这一段抽出来阅读，与放在全文中阅读是不一样的。

从叙述上来看，单纯的笔触常常是最有魅力的，它不仅能有效地集中叙述者的注意力，也使阅读者不会因为描述太多而迷失方向，就像一张白纸，它要向人们展现上面的黑点时，最好的办法是点上一点黑色，而不是去涂上很多黑点。

另一方面，胡安·鲁尔弗让一个死去的男人与一个死去的女人睡到一起时，抽干了他们的情欲，这是叙述中的关键所在，他们睡到一起，并且做爱，可是这两个人都没有一丝情欲，他们的做爱便显得空空荡荡。

那么，他们又是出于什么样的欲望、什么样的目的睡到了一起？其实他们没有任何欲望和任何目的，他们只是睡到了一起，此外一无所有，就像他们没有具体的做爱动作一样。

在"于是我就去和她睡在一起了"的下面，是两行空白，空白之后，胡安·鲁尔弗接着写道：

> 我热得在半夜十二点醒了过来，到处都是汗水。那女人的身体像是用泥制成的，像是包在泥壳子里，仿佛融化在烂泥里一样化掉了。我感到好像全身都泡在从她身上冒出的汗水里，我感到缺乏呼吸所必需的空气……

一九九五年一月二十四日

人类的正当研究便是人

一位姓名不详的古罗马人，留下了一段出处不详的拉丁语，意思是："他们著书，不像是出自一个深刻的信念，而像是找个难题锻炼思维。"另一位名叫欧里庇德斯的人说："上帝的著作各不相同，令我们无所适从。"而古罗马时期最为著名的政客西塞罗不无心酸地说道："我们的感觉是有限的，我们的智力是弱的，我们的人生又太短了。"

这其实是我们源远流长的悲哀。很多为了锻炼思维而不是出于信念生长起来的思想影响着我们，再让我们世代相传；让我们心甘情愿地去接受那些显而易见的逻辑的引诱，为了去寻找隐藏中的、扑朔迷离和时隐时现的逻辑；在动机的后面去探索原因的位置，反过来又在原因的后面去了解动机的形式，周而复始，没有止境。然后我们陷入了无所适从之中，因为上帝的著作各不相同。接着我们开始怀疑，最终怀疑还是落到了自己头上，于是西塞罗的心酸流传至今。

两千多年之后，有一位名叫墨里·施瓦兹的美国人继承了西塞罗的心酸。他大约在 1917 年的时候来到了人间，然后在 1995 年告别而去。这位俄裔犹太人在这个充满了战争和冷战、革命和动乱、经济萧条和经济繁荣的世界上逗留了 78 年，他差不多经历了整整一个世纪。他所经历的世纪是西塞罗他们望尘莫及的世纪，这已经不是在元老会议上夸夸其谈就可以搞掉政敌的世纪。这是一个什么样的世纪？在依塞亚·柏林眼中，这是"西方史上最可怕的一个世纪"；写下了《蝇王》的戈尔丁和法国的生态学家迪蒙继续了依塞亚·柏林的话语，前者认为"这真是人类史上最血腥动荡的一个世纪"，后者把它看作"一个屠杀、战乱不停的时代"；梅纽因的语气倒是十分温和，不过他更加绝望，他说："它为人类兴起了所能想象的最大希望，但是同时却也摧毁了所有的幻想与理想。"

这就是墨里·施瓦兹的时代，也是很多人的时代，他们在喧嚣的工业革命里度过了童年的岁月，然后在高科技的信息社会里闭上了生命的眼睛。对墨里·施瓦兹来说，也对其他人来说，尤其是对美国人来说，他们的经历就像人类学家巴诺哈所说的："在一个人的个人经历——安安静静地生、幼、老、死，走过一生没有任何重大冒险患难——与 20 世纪的真实事迹……人类经历的种种恐怖事件之间，有着极为强烈显著的矛盾对比。"墨里·施瓦兹的一生证实了巴诺哈的话，他确实以安安静静的人生走过了这个动荡不安的世纪。他以美国的方式长大成人，然后认识了成为他妻子的夏洛特，经历了一生中唯一的一次婚姻，他有两个儿子。他开始时的职业是心理和精神分析医生，不久后就成为了一名社会学教授，并且以此结束。

这似乎是风平浪静的人生之路，墨里·施瓦兹走过了儿子、丈夫和父亲的历程，他在人生的每一个环节上都是尽力而为，就像他长期以来所从事的教授工作那样，认真对待来到的每一天。因此这是一个优秀的人，同时也是一个十分普通的人，或者说他的优秀之处正是在于他以普通人的普遍方式生活着，兢兢业业地去承担命运赋予自己的全部责任，并且以同样的态度去品尝那些绵延不绝的欢乐和苦恼。他可能具备某些特殊的才华，他的工作确实也为这样的才华提供了一些机会。不过在更多的时候，他的才华会在日常生活中找到更加肥沃的土壤，结出丰硕之果，从而让自己时常心领神会地去体验世俗的乐趣，这是一个真正的人、同时也是所有的人应该得到的体验。而且，他还是一个天生的观察者，他对自己职业的选择更像是命运的安排，他的选择确实正确。他喜欢观察别人，因为这同时也在观察自己。他学会了如何让别人的苦恼和喜悦来唤醒自己的苦恼和喜悦，反过来又以自己的感受去辨认出别人的内心。他在这方面才华横溢，他能够在严肃的职业里获得生活的轻松，让它们不分彼此。可以这么说，墨里·施瓦兹的人生之旅硕果累累，他的努力和执着并不是为了让自己作为一名教授如何出色，而是为了成为一个更加地道的人。

因此，当这样一个人在晚年身患绝症之时，来日有限的现实会使残留的生命更加明亮。于是，墨里·施瓦兹人生的价值在绝症的摧残里闪闪发光，如同暴雨冲淋以后的树林一样焕然一新。在这最后的时刻，这位老人对时间的每一分钟的仔细品味，使原本短暂的生命一次次地被拉长了，仿佛他一次次地推开了死亡急躁不安的手，仿佛他对生命的体验才刚刚开始。他时常哭泣，也时常微笑，这是一个临终老人的哭泣和微笑，有时候又像是一个初生婴儿的哭泣和微笑。墨里·施瓦兹宽容为怀，而且热爱交流，这样的品质在他生命的终点更加突出。他谈论心理建设的必要性，因为它可以降低绝望来到时的影响力；他谈论了挫折感，谈论了感伤，谈论了命运，谈论了回忆的方式。然后他强调了生活的积极，强调了交流的重要，强调了要善待自己，强调了要学会控制自己的内心。最后他谈到了死亡，事实上他一开始就谈到了死亡，所有的话题都因此而起，就像在镜中才能见到自己的形象，墨里·施瓦兹在死亡里见到的生命似乎更加清晰，也更加生机勃勃。这是一位博学的老人，而且他奔向死亡的步伐谁也赶不上，因此他临终的遗言百感交集，他留下的已经不是个人的生命旅程，仿佛是所有人的人生道路汇聚起来后出现的人生广场。

墨里·施瓦兹一直在对抗死亡，可是他从来没有强大的时候，他最令人感动的也是他对抗中的软弱，他的软弱其实是我们由来已久的品质，是我们面对死亡时不约而同的态度。他的身心全部投入到了对自己，同时也是对别人的研究之中，然后盛开了思想之花。他继承了西塞罗的心酸，当然他思想里最后的光芒不是为了找个难题锻炼思维，确实是出于深刻的信念，这样的信念其实隐藏在每一个人的心中，墨里·施瓦兹说了出来，不过他没有说完，因为在有关人生的话题上没有权威的声音，也没有最后的声音，就像欧里庇德斯所说的"上帝的著作各不相同"。于是在结束的时候，墨里·施瓦兹只能无可奈何地说："谁知道呢？"

然而，墨里·施瓦兹的人生之路至少提醒了我们，让我们注意到在巴诺哈所指出的两条道路，也就是个人的道路和历史的道路存在着平等的可能。在巴诺哈所谓的时代的"真实事迹"的对面，"安安静静"的个人经历同样有着不可忽视的重要性，而且这样的经历因为更为广泛地被人们所拥有，也就会更为持久地被人们所铭记。墨里·施瓦兹的存在，以及他生命消失以后继续存在的事实，也说明了人们对个人经历的热爱和关注。这其实是一个最为古老的课题，它的起源几乎就是人类的起源；同时它也是最新鲜的课题，每一个新生的婴儿都会不断地去学会面对它。因为当墨里·施瓦兹的个人经历唤醒了人们自己经历的时候，也就逐渐地成为了他们共同的经历，当然这样的经历是"安安静静"的。与此同时，墨里·施瓦兹也证实了波普的话，这位启蒙主义时期的诗人这样说："人类的正当研究便是人。"

墨里·施瓦兹年轻的时候曾经为到底是攻读心理学还是社会学而犹豫不决，"其实我一直对心理学很有兴趣，不过最后因为心理学必须用白老鼠做实验，而使我打了退堂鼓。"内心的脆弱使他进入了芝加哥大学攻读社会学，并且取得了博士学位。在一家心理医院从事研究是他的第一份工作，他明白了心理学并不仅仅针对个人，社会学也并不仅仅针对社会。他的第二份工作使他和阿弗列德·H.施丹顿一起写下了《心理医院》。此书被认为是社会心理学方面的经典之作。这是他和他的朋友在一家非传统的精神分析医院的工作成果，也是他年轻时对心理学热爱的延伸。《心理医院》的出版使他获得了布兰代斯大学的教职，一干就是三十多年。他是一个勤奋和成功的教授，虽然他没有依塞亚·柏林那样的显赫名声，可是与其他更多的教授相比，他的成就已经是令人羡慕了。对生存处境的关心和对内心之谜的好奇，使墨里·施瓦兹在60年代与朋友一起创建了"温室"，这是一个平价的心理治疗机构，用他的学生保罗·索尔曼的话来说——"他认为那里是他疗伤止痛的地方，开始是哀悼母亲之死，最后则是为了身染恶疾的自己。"墨里·施瓦兹似乎证实了因果报应的存在，他最初在一家心理医院开始自己的研究，随后又在一家精神分析医院与阿弗列德·H.施丹顿共事，又到"温室"的设立，最后建立了"死亡和心灵归属"的团体，墨里·施瓦兹毕生的事业都是在研究人，或者说他对别人的研究最终成为了对自己的研究，同时正是对自己的不断发现使他能够更多地去发现别人。因此当他帮助别人的内心在迷途中寻找方向的时候，他也是在为自己寻找出路，于是他知道了心灵的宽广，他知道了自己的内心并不仅仅属于自己，就如殊途同归那样，经历不同的人和性格不同的人时常会为了一个相似的问题走到一起，这时候一个人的内心就可以将所有人的内心凝聚起来，然后像天空一样笼罩着自己，也笼罩着所有的人。晚年的墨里·施瓦兹拥有了约翰·堂恩在《祈祷文集》里所流露的情感，约翰·堂恩说："任何人的死亡都使我受到损失，因为我包孕在人类之中。"

墨里·施瓦兹当然遭受过很多挫折，他的母亲在他八岁时就离开了人世，他的童年"表面上嘻嘻哈哈，其实心里充满了悲伤"，而且童年时就已经来到的挫折在他成年以后仍然会不断出现，就如变奏曲似的贯穿了他的一生。然而这些挫折算不了什么，几乎所有的人都承受过类似的挫折，与巴诺哈所指出的 20 世纪的真实事迹相比，墨里·施瓦兹的挫折只是生命旅程里接连出现的小段插曲，或者说是在一首流畅的钢琴曲里不小心弹出的错音。这位退休的教授像其他老人一样，在经历了爱情和生儿育女之后，在经历了事业的奋斗和生活的磨难之后，他可以喘一口气了，然后步履缓慢和悠闲地走向生命的尽头。当然他必须去承受身体衰老带来的种种不便，这样的衰老里还时刻包含着疾病的袭击，可是几乎所有的老人都不能去习惯这一切，墨里·施瓦兹也同样如此。就像他后来在亚历山大·罗文的著作《身体的背叛》里所读到的那样，"罗文医生在书中指出，我们总以为我们的身体随时都应该处于最佳状态，至少也应该一直保持良好的状态，仿佛我们奉命必须永远健康无恙，身体必须永远反应灵活。一旦它不符合我们的期待时，我们就觉得被身体背叛了。"墨里·施瓦兹心想："这或许是让我们相信自己是不朽的一种方式。"可是"我们终究会死，我们其实很脆弱，而且随时都可能一命呜呼"。

大概是在 1992 年，这位七十五岁的老人开始迎接那致命疾病的最初征兆，"那时我正在街上走着，看到一辆车对着我冲过来，我想跳到路边去……但是我跌倒了。"衰老欺骗了墨里·施瓦兹，他以为这是自己老了的原因。此后的两年时间里，他一直睡不安稳，他感到困惑，同时也感到好奇，他不断地询问自己："是因为我老了吗？"后来在一次宴会上，当他开始跳舞的时候，他的步子"一个踉跄"。再后来就是诊断的结果，他知道了问题并不是出在肌肉方面，而神经性的。肌萎缩性脊髓侧索硬化——这就是来到墨里·施瓦兹体内的疾病的名字。这是一个令人恐怖的名字，它将一个人的生命一下子就推到了路的尽头，当时的墨里·施瓦兹是"我哑口无言"，他开始遭受这致命的打击，这时候他毕生所从事的研究工作帮助了他，使他在面对自己的时候也像面对别人一样，他成为了一个观察者，成为了一个既身临其境又置之度外的人，于是他说："但是从另一个角度来看，至少我知道了那些失眠是为什么了。"接下去的日子里，这神经系统的疾病开始在墨里·施瓦兹体内泛滥起来。对疾病明确了解的那一刻，往往像洪水决堤那样，此后就是一泻千里了。"从那时开始，我亲眼目睹身体机能因为肌肉神经失去知觉而日益衰败……现在，我的吞咽动作也越来越困难了……其次是我说话的能力，当我想要发出'O'的声音时，声音却卡在了喉咙里……"

墨里·施瓦兹来到了生命的尾声，"所以我的对策是哭……哭完了，我就擦干眼泪，并且准备好面对这一天。"在接下去为数不多的日子里，这位老人选择了独特的活着的方式。一位名叫杰克·汤玛士的记者这样写道："在布兰代斯大学当了三十多年教授后，墨里·施瓦兹教授现在正在传授他最后的一门课。这门课没有教学计划，没有黑板，甚至连教室也没有，有的只是他在西

　　　　　　　　　　　　　　　┃ 余华作品

纽顿家中的小房间，或者是他家厨房的餐桌，这里是他定期和学生、同事讨论的场所，他们讨论的课题非同寻常——墨里本人即将来临的死亡。"墨里·施瓦兹显示了与众不同的勇气，就像他的同事所说的："大多数得了重病的人都会朽木自腐，他却开出了灼灼之花。"事实上，墨里·施瓦兹的勇气得益于他对现实的尊重，这也是他长期以来所从事的研究训练出来的结果，这位在心理医院和精神分析医院工作过的老人，早就学会了如何客观地去面对一切，包括客观地面对自己。因此可以这么说，他的勇气同时也是因为他的脆弱，他不想可能也不敢"默默地走进黑夜"，他选择了公开的死亡方式，为此写下了七十五则关于死亡的警句，并且为自己举行了预支的告别仪式，"我要现在就听到，当我还在的时候。"因为"我不想等到我两腿一伸以后再听到大家聚在一起追悼"。这样的追悼对墨里·施瓦兹来说无济于事，他要的是能够亲耳听到的追悼，因为"死亡并不是最后的一刻，最后的一刻是为了哀悼用的"。当然，这位老人临死前最重要的工作就是杰克·汤玛士所说的"最后的一门课"，在每一个来到的星期二，在墨里·施瓦兹身体不断的衰落里，关于人生和关于死亡的话题却在不断地深入和丰富起来。他失去了吞咽的能力，又失去了发音的能力，可是他的心脏还在跳动，这"最后的一门课"就会继续下去。墨里·施瓦兹在身体迅速的背叛里，或者说当他逐渐失去自己的身体时，他一生的智慧和洞察力、一生的感受和真诚却在这最后的一刻汇聚了起来。然后奇迹出现了，这位瘦小和虚弱不堪的老人在生命的深渊里建立了生命的高潮。而且，他在临终之前用口述录音的方式，用颤抖的手逐字逐句写下了从深渊到高潮的全部距离。于是，就有了我们现在读到的这一本书，一本题为"万事随缘"的书，一本在死亡来临时讲述生存的书。

我想，墨里·施瓦兹的最后一课是一首安魂曲，是追思自己一生时的弥撒。这是隆重的仪式，也是安息的理由。就像勃拉姆斯的《德意志安魂曲》。若诸位不嫌，我愿意在此抄录《德意志安魂曲》的歌词，这些精美的和安抚心灵的诗句来自马丁·路德新教的《圣经》：

哀恸的人有福了，因为他们必得安慰，流泪撒下的种子，必欢呼收割。那带着种子，流着泪出去的，必定欢喜地带着禾捆回来。

温和的歌唱是《安魂曲》的第一乐章，这是对生者的祝福，也是在恳求死者永远的安息。接着第二乐章的合唱升了起来：

因为凡有血气的，都如衰草，所有他的枯荣，都如草上之花。草会凋残，花会谢落。弟兄们哪，你们要忍耐，直到主来。看哪，农夫耐心地等待着地里宝贵的萌芽，直到它沐到春雨和秋雨。

第二乐章是一段《葬礼进行曲》，阴沉和晦暗的乐句似乎正将全曲带向坟墓，可是它的结束却是狂欢：

永恒的欢乐必定回到他们身上，使他们得到欢喜快乐，忧愁叹息尽都逃避。

第三乐章是男低音与合唱的对话：

主啊，求你让我知道生命何等短促。你使我的一生窄如手掌，我一生的时日，在你面前如同虚无。世人奔忙，如同幻影。他们劳役，真是枉然。积蓄财宝，不知将来有谁收取。主啊，如今我更何待！我的指望在于你。我们的灵魂都在上帝的手上，再没有痛苦忧患能接近他们。

第四乐章回到了温和的田园般的合唱：

耶和华啊，您的居所令人神往！我的灵魂仰慕您；我的心灵，我的肉体向永生的神展开。

第五乐章是女高音与合唱之间的叙事诗一样的并肩前行。女高音反复吟唱"我要见到你们"，而合唱部唱出"我会安抚你们"：

你们现在也有忧愁，但我现在要见到你们，你们的心就会充满欢乐，这欢乐再也没有人能够夺去。你们看我，我也曾劳碌愁苦，而最终却得到安抚。我会安抚你们，就如母亲安抚她的孩子。世上没有永久存在的城市，然而我们仍在寻找这将要到来的城市。

第六乐章男低音与合唱的对话再次出现：

我如今把一件奥秘告诉你们：我们不是都要睡觉，而是一切都要改变。就在一瞬间，在末日的号角响起的时候。因为号角要吹响，死人要复活，成为不朽，我们都要改变。那时《圣经》上的一切就要应验："死亡一定被得胜吞灭。"死亡啊，你得胜的权势在哪里？死亡啊，你的毒刺在哪里？我们的主，我们的神，你就是荣耀、尊贵和权柄，因为你创造了万物，万物因你的旨意而创造、而生息。

第七乐章是最后的合唱，是摆脱了死亡的苦恼之后的宁静：

从今以后，在主的恩泽中死亡的人有福了。圣灵说："是的，他们平息了自己的劳苦，他们的业绩永远伴随他们。"

一九九九年四月十七日

韩国的眼睛

在刚刚过去的那个世纪，在很多年以前，一个不为人们所知的普通人，确切地说是一个工人，在汉城的繁华之地引火自焚。他在临死之时表达了感人肺腑的遗憾，他为自己没有获得更多的教育而遗憾，他说他多么希望有一个大学生的朋友，一个学习法律的大学生，来帮助他们工人用法律保护自己的权利。

这个朴实无华的人点燃的自焚之火，此后再也没有熄灭。韩国的知识分子和大学生们，他们在政府提供的较好待遇下平静地生活了很多年，因为这个普通工人的死，他们开始扪心自问：什么才是人民的权利？什么才是民族的前途？这个工人焚烧自己生命的烈火，蔓延到了无数韩国人的心里，点燃了他们的自尊和他们的愤怒。于是这个热爱歌舞的民族开始展示其刚烈的性格，从光州起义到席卷整个 80 年代的学生运动，人民一点一点地从政治家的手中要回了自己的命运。

　　这时候我正在中国度过自己的青年时期，从报纸上和黑白的电视里，我点点滴滴地了解到了这些。当一个又一个与我年龄相仿的韩国青年，或者引火自焚或者坠楼而死，以自己血肉之躯的毁灭来抗议独裁政治。我一次又一次地感受着什么叫震惊，想想自己此刻的年龄；想想自己刚刚走上人生的道路，此后漫长的经历正在期待着自己；想想自己每天都在生长出来的幻想，这样的幻想正在为自己描述着美丽的未来。我知道那些奔赴死亡的韩国同龄人也是同样如此，可是他们毅然决然地终止了自己的生命，终止了更为宝贵的人生体验和无数绚烂的愿望。他们以激烈的方式死去，表达了他们对现实深深的绝望，同时他们的死也成为了经久不衰的喊叫，他们的声音回荡在他们同胞的耳边，要他们的同胞永远醒着，不要睡着。

　　当我步入三十岁以后，韩国开始以另外一种形象来到中国，一个亚洲四小龙之一的形象，一个在经济上高速发展的富有的形象，虽然中间渗入了百货大楼和汉江大桥倒塌的阴影，可是这样的阴影仅仅停留在韩国人自己的内心深处，对中国人来说就像是一张漂亮的脸上留下的几颗雀斑，并不影响韩国美好的形象。此刻的中国历经政治的磨难之后，人们开始厌倦政治，开始表达出对经济发展的空前热情，这个时候的中国已经不想看到光州起义的韩国和学生运动的韩国，时代的眼光往往就是购物者的眼光，需要什么才会看见什么，这个时候的中国想看到一个经济上出现奇迹的韩国，想在韩国的发展里看到有益于自

　　　　　　　　　　　　　　　　　　　　余华作品

身的经验，中国的很多企业家迷上了韩国大集团的运营模式，他们以为扩张就是发展，他们急急忙忙地登上了飞机，飞向韩国一边旅游一边考察。

接下去的韩国的形象，是一个在亚洲金融风暴中脆弱的形象。此前对韩国经济模式一片盛赞的中国媒体，出现了一片否定和批评的声音，在报纸上和电视里有关韩国的报道，都是公司的倒闭和银行的坏账，还有经济的负增长和失业率的持续上升。当韩元一路暴跌的时候，中国人不由暗自庆幸自己的货币还没有和美元直接挂钩。这个时候在中国，一个名叫"泡沫"的词语风行起来，而在这个词语的后面时常会紧跟着另外一个词语——韩国。而在此刻的韩国，我的韩国朋友告诉我，当人们互相见面时出现了幽默的寒暄："你还活着？"然后是："恭喜，恭喜。"

在拥有许多有关韩国的记忆和传闻之后，去年的六月我第一次来到了韩国，这个伸向海洋的半岛，这个几乎被山林覆盖的国家。当我走出汉城的机场，第一个印象就是亚洲国家城市的那种特有的印象——杂乱的繁荣。行人和车辆川流不息，喧哗声不绝于耳。我猜想这是城市没有节制地发展所带来的景象，当我了解到汉城的一千多万人口，釜山有八百多万，而光州这样的城市也都在四百万以上，我心想韩国的四千多万人口究竟还有多少人住在城市以外的地方？这让我联想到了亚洲金融风暴中韩国的命运，城市的扩张似乎表达了韩国经济的扩张，而城市的命运也似乎决定了韩国的命运。

我来到韩国，我想寻找光州起义的韩和学生运动的韩国，这是韩国留给我最初的印象，也是我青年时期成长的记忆。在汉城，也在釜山和光州，我看到了繁荣的面纱，它遮住了过去的血迹和今天的泪水。到处都是光亮的高楼和繁华的商场，人们衣着入时笑容满面；在夜晚霓虹灯闪烁的街道上，都是人满为患的饭店和酒吧，还有快乐的醉鬼迎面走来。我无法辨认出 80 年代革命的韩国，就是金融风暴中脆弱的韩国也没有了踪影。我意识到繁荣会改变人的灵魂，这是可怕的改变，它就像是一个美梦，诱惑着人们的思想和情感，它让人们相信了虚假，并且去怀疑真实。就像是充斥在韩国电视里的肥皂剧和大街上的流行歌曲一样，告诉你的都是别人的美好生活，而不是你自己的生活。那些贴上了大众文化标签的商品——它们是商品而不是艺术，其实从一开始就远离了大众，它们就像商店里出售的墨镜一样，让大众看不清现实的容貌。

可是韩国又让我看到了金敏基的音乐剧和全仁权的歌唱，这是难以忘怀的体验。在汉城的一个像纽约百老汇一样的地方，一个有着很多剧场的充满了商业气息的地方，那里的街道上贴满了各种演出的广告招贴，这些招贴都是蛮不讲理地贴在另外的招贴上面，这让我想起来中国文化大革命时期贴满街道的大字报。就是在那里我看到了金敏基的《地铁一号线》，我深深地感动了，这部由一支摇滚乐队伴奏出来的音乐剧，表达的是真正意义上的大众的命运。然后我又在延世大学的露天广场上看到了全仁权的演唱，这是一场历时两天的摇滚音乐的演出，或者说是韩国摇滚音乐的展览会，几乎所有的摇滚歌手都登台亮相，而最后出场的就是全仁权的野菊花乐队，我听不懂他的歌词，但是我听懂了他的音乐，他的演唱让我听到了韩国的激情和韩国的温柔。我感到欣喜的是，这些激动人心的作品在韩国有着深入人心的力量。当我看到《地铁一号线》的时候，它的演出已经超过一千场，可是剧院里仍然坐满了观众，而且每一位观众都被台上的演出感染着，他们不时发出会心的欢笑，另外的时候又在寂静无声中品尝着什么是感动。而全仁权的演出则让我看到了近似疯狂的景象，当这个像搬运工人似的歌手出现在舞台上时，年轻的观众立刻拥向了我座位前面的空地，我只能站到椅子上看完演出，当时全场的观众都已经站立起来，跟随着舞台上全仁权笨拙的身体一起摇摆，一起歌唱。这是我在汉城的美好经历，它们不是自诩大众文化，其实是在制造假象的肥皂剧，也有别于宣称与大众为敌，沉醉在孤芳自赏中的所谓现代主义，这是真正意义上的大众的艺术，因为它来自大众，又归还给大众，这样的艺术终于让我看清了韩国真实的容貌。

我曾经看到过光州起义死难烈士的图片，在那些留下斑斑血迹的脸上，在那些生命已经消失的脸上，我看到了他们微微睁开着的眼睛，这是瞳孔放大目光散失以后的眼睛，他们的眼睛仿佛是燃烧的烈火突然熄灭的那一瞬间，宁静的后面有着不可思议的忧郁，迷茫的后面有着难以言传的坚定。在我所看到的图片里，光州起义死难者的眼睛没有一个是闭上的，他们淡然地看着我，让我感到战栗，然后我把他们的眼睛理解成是韩国的眼睛。

在韩国短暂的日子里，我的感受仿佛被一把锋利的刀切成了两半。一方面是来自韩国城市繁华的白昼和灯红酒绿的夜晚，如同海水一样淹没了我的感受，这一切就像是虚假的爱情。另一方面又让我感受到在平静的海面下有着汹涌的激流。在汉城的圣公会大学，我看到了一个光州起义和学生运动的纪念室，这是我的朋友白元淡和她的同事们布置的。当西装革履的青林出版社总编辑金学元和他贤惠的太太站在我面前时，我很难设想他们当初都是反对独裁政治的革命者，他们都经受了坐牢的折磨和被拷打的痛苦。在光州起义的烈士陵墓，在一位死去的学生的墓前，我看到在一个玻璃罩里放着还没有完成的作业，还有他的同学现在写给他的信。也是在光州，金学元介绍我认识了金玄装，这个在韩国很多人心目中的民族英雄，当年焚烧了美国在釜山的文化院，金玄装点燃的这一把火，使很多韩国人突然明白过来——美国不是他们的朋友。金玄装此后在监狱里度过了数不清的黑夜和白天，他几次差一点就被处死，他能够活到今天只能说是命运的奇迹。那天晚上，我们坐在金玄装家中的地板上，我听着他和金学元滔滔不绝地说着什么，我听不懂他们的话，但我知道他们是在回忆过去，我看到他们两个人的脸上神采飞扬。

我很喜欢韩国的诗人金正焕，虽然我们之间有着语言的障碍，可我时常觉得他是我童年的伙伴，我们仿佛一起长大。他写下了大量优秀的诗篇，还有两册厚厚的关于音乐的书籍，了不起的是他的作品都是在睡眠不足的情况下完成的。他脸上时常挂着宽厚的微笑，他的眼睛永远是红肿着，他谈吐幽默，只要他一出现，他周围的人就会不时地爆发出笑声。现在他仍然保持着当初

　　　　　　　　　　　　　　　｜余华作品

革命时期的习惯，当他实在太累的时候，他就会走进地铁，找一个空座位斜躺下来，在地铁飞速的前进和不断的刹车里睡上一两个小时。

在汉城的很多个晚上，我跟随着金正焕到处游荡。我们在黎明来到的汉城街头挥手告别，可是当夜幕再度降临汉城后，我们的游荡又开始了。金正焕经常带我去一家小酒吧，我没有记住这家酒吧的名字，但是我难忘酒吧的格局和气氛，就像是一个家庭似的朴素和拥挤。我的朋友崔容晚告诉我，在80年代这里是文化界革命者聚集的地方。里面整整一墙都是古典音乐的CD，这是金正焕欠债的标志，他无力偿还这里的酒钱后，就将家中的CD搬到这里付账。可是他又时常取下这里的CD送给他的朋友，在我们分别的时候，金正焕找出了两张唱片送给了我。

这家酒吧的老板娘给我留下了深刻的印象，她时常安静地坐在一旁，手中夹着一支香烟，任凭她的顾客自己去打开冰箱取酒，或者寻找其他的什么。她的眼睛出奇的安详，仿佛她对什么都是无动于衷，可是又让人觉得里面深不可测。当她坐到我们中间，当她微笑着开口说话时，我注意到她的眼睛仍然是那么的平静。我可以想象在80年代的时候，当那些一半是革命者一半是疯子的诗人和艺术家在街头和警察冲突完了之后，来到这里打开酒瓶豪饮到黎明，然后欠下一屁股的酒债醉醺醺地离去时，她也是这样安静地看着他们。我心想这就是韩国的眼睛。

去年的十月，我第二次来到了韩国，这一次飞机是在夜色中降落在釜山机场。飞机下降的时候，我看到了釜山的夜景，这座建立在山坡上的城市使它的灯火像波浪一样起伏，釜山的灯火有着各不相同的颜色，黄色、白色和蓝色还有红色交错在一起，仿佛万花齐放似的组成了人间的美景。这样的美景似乎是吸食了大麻以后看到的美景，就像是繁荣以后带来的美景一样，它们的美都是因为掩盖了更多的现实才得以浮现出来。无论是韩国，还是中国，人们有时候需要虚假的美景，只要人们昏睡不醒，那么美梦就永远不会破灭。当韩国的肥皂剧在中国的电视上广受欢迎的时候，当安在旭在北京工人体育场的演唱会大获成功的时候，韩国的大麻已经和中国的大麻汇合了。与此同时，那个用歌声让人们清醒的全仁权，因为吸食了大麻第三次从监狱里走出来，我想他很可能会第四次步入监狱的大门。因为歌声的大麻是合法的，而吸食大麻是违法的，我知道这是韩国的现实，但我相信这不是韩国的眼睛。

二〇〇一年一月十二日

灵魂饭

在一本关于巴托洛海·德·拉斯卡萨斯神父的小册子里，讲述了这位西班牙教士神秘的业绩。

1492 年 10 月 1 日，一位带着西班牙国旗的意大利人在被海水打湿的甲板上，看到了绵延不绝的被森林覆盖的土地浮现在茫茫的海水之上。这个名叫哥伦布的人后来毁誉参半，一方面他是功勋卓越的美洲大陆的发现者，另一方面他又是臭名昭著的殖民掠夺者。然而他并不知道自己发现的是一片新大陆，他简单地认为这只是通往东印度的捷径。当哥伦布第一次登上美洲大陆时，土著的印第安人欢迎了他们，他们在沙滩上进行了最初的交易，欧洲人用他们廉价的玻璃制品换取印第安人昂贵的宝石。这时候的哥伦布和他的追随者显然满足于类似的欺诈行为，他们和印第安人相处得不错。当哥伦布第二次来到时，他的身份不再是一个发现者，而是一个征服者。按照他和西班牙王室的协议，他成为了西印度群岛的总督，以及他所发现海域的海军上将。哥伦布开始了他的血腥统治，他的继任者更加残暴，最终的结果是100多万印第安人分别被打死、累死、饿死、冻死和病死，印第安人在西印度群岛悲惨地接受了灭绝的命运。

消息传到欧洲，西班牙人和葡萄牙人、法国人和英国人、荷兰人和其他欧洲人纷纷漂洋过海，像蚊子似的一团团地拥向了神秘的美洲大陆，开始了无情的征服狂潮。聂鲁达在诗中把他们称作一群戴着假牙和假发的人，这群殖民掠夺者在此后的300年里，使4000万人口的印第安人下降到了900万人口，将田园诗般的印第安世界变成了恐怖的人间第狱。与此同时，西班牙从美洲运回了250万公斤的黄金和100万公斤的白银，英国和法国以及其他欧洲国家，也同样掠走了大量的金银财宝。

巴托洛海·德·拉斯卡萨斯神父就是在这个时候登上美洲大陆，资料显示他是最早来到美洲的神父之一。与前往亚洲和非洲的传教士有着不同的命运，来到美洲的传教士没有被赶走，这是因为美洲大陆被欧洲殖民者彻底征服了，而亚洲和非洲最终没有被征服。沦落为奴隶的印第安人在白人的猎杀下，只能放弃他们的原始宗教，这样的宗教曾经与印第安人的生命和生活紧密相联，印第安人坚信万物都有灵魂，然后产生了印第安的巫术，进而就是图腾崇拜，他们的图腾和生灵有关，狼、熊、龟、鹰、鹿、鳗、海狸等等都是图腾的对象。这些曾经与自然界亲密无间的印第安人，在失去家园和妻离子散以后，在意识到自己已经被彻底征服以后，纷纷成为了基督的信徒。拉斯卡萨斯和他的精神同事们事实上成为了另一种征服者，心灵的征服者。

拉斯卡萨斯神父在美洲大陆的传教经历，使他亲眼目睹了残忍的现实——殖民者对印第安人残酷的武力剿杀，沉重的劳役折磨，还有不堪忍受的苛捐杂税，以及疾病和瘟疫。在人口稠密的太平洋一边，殖民者将成千上万的印第安人赶入大海，让滔滔的海浪淹没印第安人悲伤的眼睛和绝望的哭泣。

这一切使拉斯卡萨斯神父放弃了欧洲白人的立场，站到了印第安人中间。他曾经十二次渡海回国，为印第安人请命，希望减轻印第安人沉重的劳役负担，这是他一生中最为人称道的经历。这位神父请求西班牙国王将印第安人作为"人"来对待，这个现在看来是合情合理的请求，在当时的殖民者眼中却是荒唐可笑的。

这本有关拉斯卡萨斯神父的小册子没有继续写下去，因为接下去的故事对这位神父极为不利。虽然和冷酷的征服者哥伦布截然不同，充满同情和怜悯之心的巴托洛海·德·拉斯卡萨斯却同样引起了争议。如果免除了印第安人沉重的劳役，那么谁来替代他们？拉斯卡萨斯建议用非洲的黑人来替代。神父的同情和怜悯并没有挽救印第安人的命运，倒是带来了另外一场灾难，非洲的黑人开始源源不断地进入美洲大陆。

1999 年 5 月，我带着两个问题来到美国。在华盛顿特区的霍华德大学，这是一所历史悠久的黑人大学，我见到了米勒教授，我问他是否知道巴托洛海·德·拉斯卡萨斯神父的故事。米勒教授听到这个西班牙教士的名字时，脸上出现了一丝奇怪的微笑，他告诉我他知道这个故事。于是我的第一个问题提了出来，这位神父是不是后来疯狂的奴隶贸易的罪魁祸首？作为一位黑人，米勒不会轻易放过或者原谅所有和奴隶贸易有关的人，他认为拉斯卡萨斯神父有着不可推脱的责任。事实上从哥伦布登上西印度群岛开始，此后的 300 多年里所有登上美洲大陆的欧洲白人都难逃罪责。

让拉斯卡萨斯神父一个人来承担奴隶贸易起因的责任，显然是不公正的。事实是在哥伦布发现美洲大陆的半个世纪以前，在拉斯卡萨斯神父出生以前，非洲的奴隶贸易已经开始，不同的是奴隶们那个时候所去的地方是欧洲。而且在更为久远的年代，阿拉伯人已经在非洲悄悄地从事这样的勾当了。所以拉斯卡萨斯神父在美国的黑人中间并不知名，当我向其他几个非洲裔的美国人提起这位教士时，这些不是从事专门研究工作的美国黑人都茫然地摇起了头，他们表示不知道有这么一个人。如果一定要为后来大规模的奴隶贸易寻找一个罪魁祸首，那么这个人毫无疑问就是哥伦布。

正是哥伦布对美洲大陆的发现，那些原来驶向欧洲的奴隶船开始横渡大西洋前往美洲，一个长达 400 多年的人间悲剧拉开了序幕。当沾满印第安人鲜血的宝石和贵金属源源不断地流入欧洲的时候，当东方国家盛产的香料和黄金被掠夺到欧洲的时候，对欧洲的殖民者来说，非洲使他们获得暴利的就是奴隶的买卖。这是非洲历史上最为黑暗的一页，随着美洲大陆丰富的矿产资源不断被发现，随着甘蔗、烟草、棉花、蓝靛和水稻等种植园的迅速发展，奴隶船就像是城市里的马车一样，繁忙地穿梭于欧洲——非洲——美洲之间。这就是奴隶贸易中臭名昭著的三角航程，一艘艘满载着廉价货物的商船从欧洲启程，到非洲换成黑奴以后经大西洋来到美洲，用奴隶换取美洲殖民地的蔗糖、棉花和烟草等物，回到欧洲出售这些货物，然后用很少的钱买进廉价的货物，再次启程前往非洲。一次航程可以做三次暴利的买卖，在美洲殖民地卖出奴隶价格是在非洲买进价格的 30 倍到 50 倍之间。

欧洲的奴隶贩子雇有专职的医生，这些游手好闲的人遍布非洲的许多地方，他们像兽医检查牲口一样检查着奴隶的身体，凡是年龄在 35 岁以上，嘴唇、眼睛有缺陷，四肢残缺，牙齿脱落甚至头发灰白的均不收购。在 400 多年的奴隶贸易中，那些年龄在 10 岁到 35 岁之间的男子和 25 岁的女子几乎都难逃此劫，殖民者掠夺了非洲整整四个多世纪的健康和强壮，只有老弱病残留在了自己的家园，于是非洲病入膏肓。许多地区的收成、畜群和手工业都遭受了悲惨的破坏和无情的摧毁，蔓延的饥荒和猎奴引起的部落间的战争此起彼伏，已往热闹的商路开始杂草丛生，昔日繁荣的城市变成了荒凉的村落。

这期间运往美洲的奴隶总数在 1500 万以上，而在猎奴战争中的大屠杀里死去的，从内地到沿海的长途跋涉中倒下的，大西洋航程里船上的大批死亡以及反抗中牺牲的奴隶总数，远远超过到达美洲的奴隶总数。奴隶贸易使非洲损失了 1 亿人口，也就是说得到一个奴隶就意味着会牺牲 5 到 10 个奴隶。就是最后终于登上了美洲大陆的幸存者，由于过重的劳动和恶劣的生活待遇，在到达后的第一年又会死去三分之一。

海上的航行就像是通往地狱的道路一样，航程漫长，风浪险恶，死亡率极高，曾经有500人的奴隶船一夜之间就死去120人。奴隶船几乎都超过负载限度，在黑暗的船舱里，那些身上烙下了标记的奴隶两个两个锁在一起，每人只有一席容身之地，饮食恶劣，连足够的水和空气也没有。天花、痢疾和眼炎是流行在奴隶船上的传染病，它们就像是大西洋凶恶的风浪一样，一次次袭击着船上手足无措的奴隶。眼炎的传染曾经使整整一船奴隶双目失明，在被日出照亮的甲板上，这些先是失去了自由，接着又失去了光明的奴隶，现在要失去生命了。他们无声无息地摸索着从船舱里走出来，在甲板上排成一队，奴隶贩子将他们一个一个地抛入大海。

在美洲印第安人悲惨的命运和非洲奴隶悲惨的命运之间，是欧洲殖民者的光荣与梦想。奴隶贸易刚开始的时候，荷兰因为其海上运输业的发达，被殖民者称为"海上马车夫"，在大西洋一边的美洲所有的港口，飘扬着荷兰国旗的贩奴船四处活动。英国人后来居上，虽然他们贩奴的历史比其他国家都要晚和短，可是他们凭借着海上的优势，使其业绩超过其他国家4倍。当奴隶贸易给非洲带来无休止的战争、蹂躏、抢劫和暴力，使非洲逐渐丧失其生产力和原有的物质文化之后；当美洲的印第安人被剿灭、被驱赶和被奴役之后，欧洲和已经成为白人家园的美洲迅速第繁荣起来了。这就是马克思所说的"资本主义时代的曙光"。在马克思眼中，"资本来到世间，从头到脚，每一个毛孔都滴着血和肮脏的

　　　　　　　　　　　　　　｜ 余华作品

东西。"

今天当人们热情地谈论着经济全球化和贸易自由化的时候，这个风靡世界各地的全球化浪潮，在我看来并不是第一次。第一次的全球化浪潮应该是500年以前开始的，对美洲的征服、对亚洲的掠夺和对非洲的奴隶贸易。连接非洲、美洲和欧洲的奴隶贸易以及矿产和种植物的贸易，养育了以欧洲为中心的资本主义，随着东印度沦为英国的殖民地和后来鸦片战争在中国的爆发，亚洲也逐步加入到这样的浪潮之中。第一次全球化浪潮伴随着奴隶贸易经历了400多年，进入20世纪以后，两次世界大战和此后漫长的冷战时期，以及这中间席卷世界各地的革命浪潮，还有从不间断的种族冲突和利益冲突引起的局部战争，似乎告诉人们世界已经分化，然而正是在这样的分化时期，垄断资本和跨国资本迅猛地成长起来，当冷战结束和高科技时代来临，当人们再次迎接全球化浪潮的时候，虽然与第一次血淋淋的全球化浪潮截然不同，然而其掠夺的本质并没有改变，第二次全球化浪潮仍然是以欧洲人或者说是绝大多数欧洲人的美国为中心。

我并不是反对全球化，我反对的是美国化的全球化和跨国资本化的全球化。500年前一船欧洲的廉价物品可以换取一船非洲的奴隶，现在一个波音的飞机翅膀可以在中国换取难以计算的棉花和粮食。全球化的经济不会带来全球平等的繁荣，贸易的自由化也不会带来公平的交易。这是因为少数人拥有了出价的权利，而绝大多数人连还价的权利都没有。当美国和欧洲的跨国资本进入第三世界的时候，并没有向这些国家和地区提供其核心的技术，他们只是为了掠夺那里的劳动力，这一点与当初的殖民者掠夺美洲和非洲的伎俩惊人地相似。就像当初的欧洲人把火器、铁器和酒带到美洲的印第安人中间，把欧洲的物资带到非洲一样，他们教会印第安人改穿纺织品制成的服装，教会非洲人如何使用他们的物品，当印第安人和非洲人沾染上这些新的嗜好的时候，却并没有学到满足这些嗜好的技术。于是非洲原有的生产力和物质文化被不同程度地摧毁，非洲可以用来与欧洲交换这些物资的只有他们的人口了，同胞互相残杀，部落战争不断，不仅没有保卫自己的非洲，反而促进了殖民者的奴隶贸易。在美洲的印第安人，只有森林里的皮毛财富可以换取这些自己不能制造的物品，于是印第安人的狩猎不再是单纯地为了获取食物，而且还要为换得白人的物品而打猎。印第安人的需求日益增加，他们的资源却不断减少，当欧洲的白人疯狂地拥入美洲定居以后，又导致森林里大量野兽的逃跑，使印第安人生活的手段几乎完全丧失，他们只能离开自己出生和埋葬着自己祖先的地区，因为继续生活在那里只能饿死，他们跟踪着大角鹿、野牛和海狸逃跑的足迹走去，这些野兽指引着他们去寻找新的家园。

在华盛顿的霍华德大学，我询问米勒教授的第二个问题是关于灵魂饭，这是黑人特有的料理，仅仅在词语上就深深地吸引了我。就像印第安人相信万物都有灵魂，非洲的黑人同样热情地讨论着灵魂，他们甚至能够分辨出灵魂的颜色，他们相信是和他们的皮肤一样的黑色。这是苦难和悲伤带来的信念，在华盛顿的一个黑人社区，阿娜卡斯蒂亚社区，我看到了一幅耶稣受难的画像，这个被绑在十字架上睁大了怜悯的眼睛的耶稣，并不是一个白人，他有着黑色的皮肤。

米勒告诉我，这样的料理具有浓郁的文化特征，是黑人在悲惨的奴隶贸易中自我意识的发展。灵魂饭的料理方式来自非洲以及美国南方黑奴的文化根源，同时又是他们被奴役时缺乏营养的现实。米勒反复告诉我，一定要品尝两种灵魂饭，一种是红薯，另一种叫绿。当我们分手的时候，他再一次嘱咐我，别忘了红薯和绿。

我在阿娜卡斯蒂亚社区的一家著名的灵魂饭餐馆，第一次品尝了黑人的灵魂饭。可能是饮食习惯的问题，我觉得自己很难接受灵魂饭的料理方式，可是米勒教授推荐的红薯和绿，却让我终生难忘。那一道红薯是我吃到的红薯里最为香甜的，确切地说应该是红薯泥，热气蒸腾，将叉子伸进去搅拌的时候可以感受到红薯的细腻，尤其是它的甜，那种一下子就占满了口腔的甜，令人惊奇。另一道绿显然是腌制的蔬菜，剁碎之后的腌制，可是它却有着新鲜蔬菜的鲜美，而且它的颜色十分的翠绿，仿佛刚刚生长出来似的。

后来我在几个黑人家中做客时，都吃到了红薯和绿。在过去贫穷和被奴役的时代，黑人在新年和圣诞节时才可以吃到灵魂饭，现在它已经出现在黑人平时的餐桌上。然而灵魂饭自身的经历恰恰是黑人作为奴隶的历史，它的存在意味着历史的存在。欧洲人的压迫，事实上剥夺了非洲人后裔的人类权益，美国的绝大多数黑人现在连自己原来的祖国都不知道，他们不再讲自己祖先的语言，他们放弃了原来的宗教，忘记了非洲故乡的民情。于是这时候的灵魂饭，就像谢姆宾·乌斯曼的声音——

今天，奴隶船这种令人望而生畏和生离死别的幽灵已不再来缠磨我们非洲。

戴上镣铐的兄弟们的痛苦哀鸣也不会再来打破海岸炎热的寂静。

但是，往日苦难时代的号哭与呻吟却永远回响在我们的心中。

这是漫长的痛苦，从非洲的大陆来到非洲的海岸，从大西洋的这一边来到了大西洋的那一边，从美国的东海岸又来到了美国的西海岸，黑人没有自由没有财产，他们只有奴隶的身份。《解放宣言》之后，又是漫长的种族隔离和歧视，黑人不能和白人去同样的医院；黑人不能和白人去同样的学校；黑人不能和白人坐在同样的位置上。他们的厕所和他们的候车室都与白人的隔离，在汽车上和船上，黑人只能站在最后面；只有在火车上，黑人才可以坐在最前面的车厢里，这是因为前面的车厢里飘满了火车的煤烟。一位黑人朋友告诉我："我们的痛苦是我们生活的一部分。"

一位黑人学者在谈到奴隶贸易的时候，向我强调了印第安人的命运，他认为正是印第安人部落的不断消失，了解地理状况的印第安人知道如何逃跑，使欧洲的殖民者源源不断地运来非洲的奴隶，非洲的奴隶不熟悉美洲的地理，他们很难逃跑，只能接受

余华作品

悲惨的命运。

在美洲大陆的深渊里，黑人被奴役到了不能再奴役的地步，而印第安人被驱赶之后又被放任自由到极限。放任自由对印第安人造成的伤害，其实和奴役对黑人造成的伤害一样惨重。当成群结队的印第安人被迫离开家园，沿着野兽的足迹找到新的家园时，早已有其他的部落安扎在那里了，资源的缺乏使他们对新来者只能怀有敌意，背井离乡的印第安人前面是战争后面是饥荒，他们只能化整为零，每一个人都单独去寻找生活的手段，本来就已经削弱了的社会纽带，这时候完全断裂了。夏尔·阿列克西·德·托克维尔在他著名的《论美国的民主》一书中，有一段这样的描述：

　　1831 年，我来到密西西比河左岸一个欧洲人称为孟菲斯的地方。我在这里停留期间，来了一大群巧克陶部人。路易斯安那的法裔美国人称他们为夏克塔部。这些野蛮人离开自己的故土，想到密西西比河右岸去。自以为在那里可以找到一处美国政府能够准许他们栖身的地方。当时正值隆冬，而且这一年奇寒得反常。雪在地面上凝成一层硬壳，河里漂浮着巨冰。印第安人的首领带领着他们的家属，后面跟着一批老弱病残，其中有刚刚出生的婴儿，又有行将就木的老人。他们既没有帐篷，又没有车辆，而只有一点口粮和简陋的武器。我看见了他们上船渡过这条大河的情景，而且永远不会忘记那个严肃的场面。在那密密麻麻的人群中，既没有人哭喊，也没有人抽泣，人人都是一声不语。他们的苦难由来已久，他们感到无法摆脱苦难。他们已经登上运载他们的那条大船，而他们的狗仍留在岸上。当这些动物发现它们的主人将永远离开它们的时候，便一起狂吠起来，随即跳进浮着冰块的密西西比河里，跟着主人的船泅水过河。

托克维尔提到的孟菲斯，是美国田纳西州的孟菲斯。我最早是在威廉·福克纳的书中知道孟菲斯，我还知道这是离福克纳家乡奥克斯福最近的城市。威廉·福克纳生前的很多个夜晚都是在孟菲斯的酒馆里度过的。这个叼着烟斗的南方人喜欢在傍晚来临的时候，开上他的老爷车走上一条寂静的道路，一条被树木遮盖了密西西比和田纳西广阔的风景的道路，在孟菲斯的酒馆里一醉方休。接着我又知道了一个名叫埃尔维斯·普雷斯利的卡车司机，在孟菲斯开始了他辉煌的演唱生涯。这个叫猫王的白人歌手让黑人的布鲁斯音乐响遍世界的各个角落，而他又神秘地在孟菲斯结束了自己的一生。最后我知道的孟菲斯是 1968 年 4 月 4 日的一个罪恶的黄昏，在一家名叫洛兰的汽车旅馆里，一个黑人用过晚餐之后走到阳台上，一颗白人的子弹永远地击倒了他。这个黑人名叫马丁·路德·金。

出于对威廉·福克纳的喜爱，我在美国的一个月的行程里，有三天安排在奥克斯福。这三天的每一个晚上，我和一位叫吴正康的朋友都要驱车前往孟菲斯，在那里吃晚餐，这是对福克纳生前嗜好的蹩脚的模仿。

孟菲斯有着一条属于猫王的街道，街道上的每一家商店和酒吧都挂满了猫王的照片，那些猫王在孟菲斯开始演唱生涯的照片，年轻的猫王在照片里与孟菲斯昔日的崇拜者勾肩搭背，喜笑颜开。一辆辆旅行车将世界各地的游客拉到了这里，使猫王的街道人流不息，到了晚上这里立刻灯红酒绿，不同的语言在同一家酒吧里高谈阔论。人们来到这里，不是因为威廉·福克纳曾经在这里醉话连篇，也不是因为马丁·路德·金在这里遇害身亡，他们是要来看看猫王生前的足迹，或者购买一些猫王的纪念品，他们排着队与猫王的雕像合影。

离开了猫王的街道，孟菲斯让我看到了另外的景象，一个仿佛被遗忘了似的冷清的城市。在其他的那些街道上，当我们迷路的时候，发现没有行人可以询问。我们开着车在孟菲斯到处乱转，在黄昏时候的一个街角，我看到一个上了年纪的黑人坐在门廊的椅子里，他身体前倾，双手放在自己的膝盖上，当我们的汽车经过时，他看到了我们，他的脸上毫无表情。因为迷路，我们在孟菲斯转了一圈后，又一次从这个黑人的眼前驶过，我注意到他还是那样坐着。直到第三次迷路来到他的跟前时，我看到一个黑人姑娘开着车迎面而来，她在车里就开始招手，我看到那个上了年纪的黑人站了起来，仿佛春天来到了他的脸上，他欢笑了。

在来到密西西比的奥克斯福之前，我和很多人谈论过威廉·福克纳，我的感受是每一个人的立场都决定了他阅读文学作品的方向。被我问到的黑人，几乎是用同一种语气指责威廉·福克纳——他是一个种族主义者。另外一些白人学者则是完全不同的态度，他们希望我注意到威廉·福克纳生活的时代，那是一个种族主义的时代。白人学者告诉我，如果用今天的标准来评判威廉·福克纳，他可能是一个种族主义者；可是用他生活的那个时代的标准，那么他就不是种族主义者。在新墨西哥州，一位印第安作家更是用激烈的语气告诉我，威廉·福克纳在作品中对印第安人的描写，是在辱骂印第安人。霍华德大学的米勒教授，是我遇到的黑人里对威廉·福克纳态度最温和的一位。他说尽管威廉·福克纳有问题，可他仍然是最重要的作家。米勒告诉我，作为一名黑人学者，他必须关心艺术和政治的问题，他说一个故事可以很好，但是因为政治的原因他会不喜欢这个故事的内容。米勒提醒我，别忘了威廉·福克纳生活在 30 年代的南方，他本质上就是一个南方的白人。米勒也像那些白人学者一样提到了威廉·福克纳的生活背景，可是他的用意和白人学者恰好相反。米勒最后说："喜欢讨论他，不喜欢阅读他。"

这样的思想和情感源远流长，奴隶贸易来到美国的黑人和在美国失去家园的印第安人，他们有着完全自己的、其他民族无法进入的思维和内心。虽然威廉·福克纳在作品中表达了对黑人和印第安人的同情与怜悯，可是对苦难由来已久的人来说，同情和怜悯仅仅是装饰品，他们需要的是和自己一起经历了苦难的思想和感受，而不是旁观者同情的叹息。

虽然在今天的美国，种族主义仍然是一个严重的社会问题，可是它毕竟已经是臭名昭著了，这是奴役之后的反抗带来的，我的意思是说，这是黑人不懈的流血牺牲的斗争换来的，而不是白人的施舍。而当初被欧洲殖民者放任自流的印第安人，他们的命运从一开始就和黑人的命运分道而行，最后他们仍然和黑人拥有不同的命运。这是一个悲惨的现实，对黑人残酷的奴役必然带来黑人激烈的抗争；可是当印第安人被放任自流的时候，其实已经被剥夺抗争的机会和权利。

我在新墨西哥州的印第安人的营地，访问过一个家庭，在极其简陋的屋子里，主人和他的两个孩子迎接了我。这位印第安人从冰箱里拿出两根冰棍，递给他的两个孩子后，开始和我交谈起来。他指着冰箱和洗衣机对我说，电来了以后这些东西就来了，可是账单也来了。他神情凄凉，他说他负担这些账单很困难。他说他的妻子丢下他和两个孩子走了，因为这里太贫穷。尽管这样，他仍然不愿意责备自己的妻子，他说她是一个非常好的女人，因为她还年轻，所以她应该去山下的城市生活。

在圣塔菲，一位印第安艺术家悲哀地告诉我：美国是一个黑和白的国家。她说美国的问题就是黑人和白人的问题，美国已经没有印第安人的问题了，因为美国已经忘记印第安人了。这就是这块土地上最古老的居民的今天。1963 年，黑人民权领袖马丁·路德·金在华盛顿发表了感人肺腑的演说——我有一个梦想。其中的一个梦想是"昔日奴隶的子孙和昔日奴隶主的子孙同席而坐，亲如手足"。可是在马丁·路德·金梦想中的友善的桌前，印第安人应该坐在哪一端？

二〇〇一年二月十日